卷十

韻目

［一］馬校：「凡宋本皆如此作『夊』，局作『麦』，从夕，宋本是也。」

［二］吕校：「《廣韻》作《三十三業》。」

［三］吕校：「《廣韻》作《三十一洽》。」

［四］吕校：「《廣韻》作《三十二狎》。」

十八藥

［一］明州本、金州本、毛鈔、錢鈔注「治」字作「冶」。余校、韓校、陳校、龐鴻書校同。馬校：「『冶』，局誤『治』。」方校：「案：『冶』譌『治』，據宋本及二徐本正。」

［二］明州本、毛鈔、錢鈔「躍」字作「躍」。段校、韓校、龐校、錢振常校同。馬校：「『躍』，局作『躍』。」方校：「案：二徐本同。宋本『躍』作『躍』，誤。」

［三］方校：「案：『瀆』譌『瀆』，據二徐本正。」按：明州本、潭州本、金州本、毛鈔、錢鈔注「瀆」字正作「瀆」。陳校、顧校、陸校、龐校、錢振常校同。

［四］方校：「案：『蓺』中譌从執，據小徐本正。大徐本作『蓺』。」按：明州本、金州本、毛鈔、錢鈔注「蓺」字正作「蓺」。顧校、龐校同。馬校：「『蓺』，局作『蓺』，『蓺』、『蓺』正俗字。」

［五］明州本、毛鈔、錢鈔「敫」字作「敫」。韓校、陳校、龐校、錢振常校同。方校：「案：『敫』譌『敫』，據宋本及《説文》正。」

［六］方校：「案：『𩐛』譌『𩐛』，據《廣韻》正。」按：明州本、毛鈔、錢鈔「𩐛」字作「𩐛」，注「龠」作「龠」。陳校、顧校、龐校、錢振常校同。

［七］余校注「壯」作「牡」。段校、韓校、陳校、陸校同。馬校：「『壯』，當爲『牡』，宋亦誤。」丁校據《説文》改「牡」。方校：「案：『壯』譌『牡』，據二徐本正。」

［八］顧校「麥」作「麥」。

［九］明州本、潭州本、金州本、毛鈔、錢鈔注「濼」字作「濼」。韓校、陳校、龐校、錢振常校同。方校：「案：注『濼』譌『濼』，據宋本及《類篇》正。」

［一〇］馬校：「案：『櫟』即『櫟』之俗。《廣韻》有『櫟』無『櫟』，在京兆。如淳、蘇林『櫟』音藥。」

［一一］陳校：「《説文》作『屵』，从厂，从屮省。《廣韻》作『屵』。」陸校「屵」作「屵」。馬校：「《廣韻》作『屵』。字當作『屵』，宋亦誤。」方校：「案：《説文》『屵』从厂，从屮省。讀若躍，上不从出，《類篇》亦誤。」

［一二］吕校：「宜作『皃』。」

［一三］明州本、毛鈔、錢鈔「鳥」字作「鳥」。顧校、龐校、錢氏父子校同。馬校：「凡宋本皆如此作。」

［一四］明州本、毛鈔、錢鈔「鵲」字作「鵲」。龐校、錢氏父子校同。

［一五］明州本、錢鈔注「鹹」字作「醎」。龐校同。

［一六］方校：「案：『㱿』當从《説文》作『㱿』。重文『爵』作『爵』，『㲹』作『㲹』，亦誤。又隸『爵』字《字鑑》謂上从爪者非。」按：明州本、毛鈔、錢鈔「㱿」字作「㱿」，「爵」字作「爵」，「㲹」字作「㲹」。韓校、龐校、錢氏父子校同。吕校：「『㱿』、『爵』局作『㱿』、『爵』，注同。」

［一七］顧校「䶂」作「䶂」。

[一八] 方校：「案：此係新坿字。」

[一九] 明州本、錢鈔注「衆」作「衆」。龐校同。

[二〇] 明州本、潭州本、金州本、毛鈔、錢鈔注「熱」字作「熱」。顧校、龐校、錢校同。

[二一] 方校：「案：《字鑑》『勺』中从一，寸字同。俗皆加點，非。」按：明州本、毛鈔、錢鈔「勺」均作「勺」，从「勺」之字同。

[二二] 方校：「案：『繵』，當从《方言》四作『襢』。又俗本『禪』譌『襌』，《類篇》同，盧氏依宋本、正德本訂正。」按：明州本、錢鈔注「繵」字作「繵」。又明州本、潭州本、金州本、錢鈔注「襌」字作「禪」。余校、韓校、陸校、龐校、錢氏父子校同。馬校：「『襌』，局作『禪』。」

[二三] 陳校：「《廣雅》从竹。《類篇》亦从艸，譌。」方校：「案：《廣雅・釋器上》：『筰、籆，箕也。』此誤以爲艸名，而从竹者皆誤从艸矣。」按：明州本、潭州本、金州本、毛鈔、錢鈔注「蕒」字正作「簨」。顧校、陸校同。馬校：「『簨』，宋从竹，局作『蕒』，从艸。」

[二四] 明州本、錢鈔「鯱」字作「鯱」，注同。龐校同。

[二五] 陳校：「『碓』，當作『婥』。見下『婥』字。」按：明州本、毛鈔、錢鈔注「碓」字正作「婥」。段校、陸校、龐校、錢振常校同。馬校：「『婥』字作『碓』。下逆約切作『婥斫』。」

[二六] 明州本、毛鈔、錢鈔注「鼇」字作「鼇」。龐校、錢氏父子校同。

[二七] 明州本、毛鈔、錢鈔注「弓」字作「弓」。陳校、龐校同。馬校：「『弓』，局作『弓』，非。」方校：「案：『弱』、『弓』宋本作『弱』、『弓』，與二徐《說文》合。」

[二八] 明州本、毛鈔「崇」字作「崇」。段校、韓校、龐校、錢校同。馬校：「『崇』，局作『崇』。」方校：「案：『崇』，《類篇》作『崇』，《韻會》作『蒜』，又《經籍籑詁》引《盱眙長田君斷碑》『養善蒜春陽』，『若』作『蒜』，即此『蒜』字也。《類篇》作『蔢』，亦誤。」

[二九] 毛鈔注「所」字作「楚」。段校、陸校同。馬校：「『所』當爲『楚』，《類篇》亦誤作『所』。」方校：「案：『楚』譌『所』，據宋本及二徐本正。《類篇》與此同。『皮』上竝衍『足』字。」

[三〇] 方校：「案：《釋詁三》『搘』作『搘』。」

[三一] 明州本、錢鈔注「止」字作「土」。錢校同。誤。潭州本、金州本、毛鈔注作「止」。

[三二] 顧校作「驚」，缺筆。

[三三] 明州本、潭州本、金州本、毛鈔、錢鈔注「畧」字作「略」。

[三四] 方校：「案：『色』譌『色』，據段校《說文》正。二徐本篆作『[篆]』，注竝作『色』。」

[三五] 方校：「案：《類篇》『臭』入《犬部》，此下从大，誤。」按：明州本、潭州本、金州本、毛鈔、錢鈔「臭」正作「臭」。陳校、顧校、龐校同。

[三六] 馬校：「『撩』下宋本空，局有『取』字。」按：明州本、潭州本、金州本、毛鈔、錢鈔注俱有「取」字，馬所據宋本疑誤。

[三七] 方校：「案：此係新坿字。」

[三八] 明州本、潭州本、金州本、毛鈔、錢鈔注「盻」字作「盼」。陳校、陸校、龐校、錢氏父子校同。汪校改从分。馬校：「『盻』，局誤『盻』。《類篇》作『盻』。」方校：「案：『盻』譌『盻』，據宋本及《類篇》正。」

[三九] 明州本、金州本、毛鈔、錢鈔注「聶」字作「聶」。余校、段校、韓校、陳校、陸校、龐校、錢氏父子校同。馬校：「局作『聶』，不成字。」方校：「案：『聶』譌从目，據宋本及《說文》正。」按：本韻極虐切「蝲」字注正作「聶」，當據正。

[四〇] 方校：「案：《說文》『暮』作『莫』。《類篇》『蝣』作『游』。」按：明州本、毛鈔、錢鈔注「蝣」字作「游」。龐校同。

[四一] 明州本、錢鈔注「兮」字作「分」。龐校同。誤。潭州本、金州本、毛鈔、錢鈔作「兮」。

[四二] 明州本、毛鈔、錢鈔「䚫」字作「䚫」。韓校、龐校、錢校同。馬校：「『䚫』，局作『䚫』，宋非。」方校：「案：宋本『䚫』作『䚫』，非。此字見《說文・丮部》，隸作『䚫』。」

[四三] 馬校：「當作『谷』，『䜣』字从此，宋亦誤。」方校：「案：《說文》作『谷』，與山谷字不同。俗概作『谷』，則非。『谷』非『谷』，別㸚一字矣。《字鑑》凡『䜣』、『卻』、『谿』之類竝从谷。」

[四四]　丁校據《類篇》作「筋」。方校：「案：『筋』譌『肑』，據《類篇》正。」按：明州本、毛鈔、錢鈔注「肑」字正作「筋」。龐校同。

[四五]　明州本、潭州本、金州本、錢鈔「䕸」字作「蘡」。龐校同。

[四六]　方校：「案：『西』譌『西』，據《說文》正。」

[四七]　明州本、潭州本、金州本、錢鈔注「笑」字作「笑」。錢振常校同。

[四八]　潭州本、金州本注「休」字作「休」。誤。明州本、毛鈔、錢鈔注作「休」。

[四九]　明州本、金州本、毛鈔、錢鈔注「斛」字作「解」。汪校、韓校、陳校、陸校、龐校、錢振常校同。馬校：「『解』，局誤『斛』。」方校：「案：『解』譌『斛』，據宋本及《類篇》正。」

[五〇]　方校：「案：『䃰』譌『䃰』，據《類篇》及本文正。」按：明州本、潭州本、金州本、毛鈔、錢鈔注「䃰」字正作「䃰」。汪校、陳校、顧校、錢氏父子校同。馬校：「局作『䃰』，不成字。」

[五一]　陳校：「《廣韻》作『𩵋』。『䱎』、《玉篇》『古獲切，今作𩹨』。《說文》亦作『𩵋』，同『簻』。」方校：「案：『簻』，或从角从閒作『𩵋』，今引《說文》而不收『𩵋』字，疑『䱎』係傳寫之譌。《廣韻》重文亦作『𩵋』，『絲』當作『絲』。」

[五二]　方校：「案：『臄』譌『臄』，據本文正。」按：明州本、毛鈔、錢鈔注「臄」字正作「臄」。韓校、龐校同。

[五三]　方校：「案：注『矍矍』，二徐本同，段氏改『瞿瞿』。又『遽也』，《廣韻》、《韻會》並引作『視遽皃』，與二徐本合。《類篇》作『遽視皃』。」

[五四]　陳校：「當从木，見下。」

[五五]　明州本、錢鈔注「染」字作「染」。錢校同。

[五六]　方校：「案：二徐本及《類篇》同。《廣韻》、《爾雅・釋獸》音義並引作『大母猴也』，段氏校本據增。」

[五七]　曹本注「三」字作「二」。陸校改。

[五八]　陳校：「《廣韻》作『臄』，从肉，大也，善也。」

[五九]　陳校：「『遠』當作『遽』。」按：明州本、潭州本、金州本、毛鈔、錢鈔注「遠」字正作「遽」。陳校、陸校、龐校、錢氏父子校同。馬校：「『遽』，局作『遠』。」

[六〇]　方校：「案：句見《馬援傳》。」

[六一]　明州本、金州本、錢鈔注「畧」字作「略」。錢振常校同。

[六二]　方校：「案：『走』譌『先』，據《篇》、《韻》、《類篇》正。」按：潭州本、毛鈔注「先」字作「㐮」。馬校：「『㐮』，局作『先』。」

[六三]　陳校：「从門不从門。『閮闟』，牽引也。與『扭搭』字同。」

[六四]　明州本、毛鈔、錢鈔注「牽」字作「牽」。龐校、錢氏父子校同。

[六五]　明州本、金州本、毛鈔、錢鈔注「土」字作「士」。段校、陳校、陸校、龐校、錢氏父子校同。馬校：「『士』，局誤『土』。」

[六六]　方校：「案：『二』譌『一』，據宋本正。」按：曹本作「一」。

十九鐸

[一]　方校：「案：『有』字衍，據二徐本刪。」

[二]　方校：「案：『度』，从又，庶省，中从廿，與『革』首同。本書作『度』、『革』，並誤。」

[三]　明州本、錢鈔注「庀」字作「宅」。龐校、錢振常校同。潭州本、金州本、毛鈔作「庀」。《類篇》同。

[四]　明州本、潭州本、金州本、錢鈔注「辭」字作「辭」。錢振常校同。

[五]　陳校：「『肫』，《廣韻》作『肫』。」

[六]　方校：「案：《廣雅・釋器上》『鞾』作『屐』，王氏云：『屐或作鞾。』」

[七] 丁校據《漢書・地理志》改「縣」爲「谷」。方校：「案：『谷』譌『縣』，據《漢書・地理志》正。」

[八] 丁校據《爾雅・釋魚》「鐸」作「蟬」。方校：「案：『蟬』譌『鐸』，據《爾雅・釋魚》正。」按：明州本、毛鈔、錢鈔注「鐸」字正作「蟬」。陳校、龐校、錢氏父子校同。呂校：「宜从虫。」

[九] 陳校：「『壽』，《説文》作『橐』。又見《玉篇》、《類篇》。」

[一〇] 陳校「距」作「跅」，「局」作「扃」。陸校同。丁校據《漢書》注作「跅」。方校：「案：『跅』譌『距』，『檢』譌『撿』，據《類篇》正。『蹳』當作『蹳』。」按：明州本、潭州本、金州本、毛鈔、錢鈔注「距」字作「跅」，「撿」字作「檢」，「局」字作「扃」。馬校：「局注『跅』譌『距』，『撿』从扌，『扃』作『局』。」

[一一] 明州本、錢鈔注「鏄」字作「餺」。錢校同。

[一二] 馬校：「案：《士喪禮》鄭注：『王棘矺鼠。』胡氏培翬正義曰：『惠氏棟曰：王棘矺鼠，言王棘可以矺鼠也。矺，古磔字。《史記・李斯列傳》：十公主矺死于杜。張守節云：矺音貯格反。司馬貞曰：矺音宅，與磔同，古今字異耳。磔鼠見《張湯傳》。司馬公《類篇》云：王棘一名矺鼠。劉昌宗音矺爲托。皆失之。』奂案：『矺鼠』即『磔鼠』，非『矺』即『磔』字也。音宅音托皆不誤，若以爲木名則大誤耳。」

[一三] 陳校：「『斥』當作『斥』，見《類篇》。」

[一四] 明州本、毛鈔、錢鈔「梟」字作「梟」，「藥」字作「藥」。段校、韓校、龐校、錢氏父子校同。潭州本「梟」作「梟」。陳校从「色」。馬校：「局誤『梟』、『藥』。」方校：「案：『梟』譌『梟』，據《説文》正。『藥』當从《類篇》作『藥』，宋本作『梟』、『藥』，亦誤。」

[一五] 明州本、錢鈔注「歷」字作「歷」。錢振常校同。

[一六] 陳校：「別本《説文》『夷』下多一『界』字。」丁校：「《漢書・地理志》左馮翊褱德有洛水，東南入渭。北地郡歸德有洛水，出蠻夷中，入河。二水不同，此沿《説文》混誤。」方校：「案：《四庫考證》：『《漢書・地理志》左馮翊褱德有洛水，東南入渭。北地郡歸德有洛水，出蠻夷中，入河。二水不同，此沿《説文》之誤。』珪案：大徐《説文》北『夷』下有『界』字，此从小徐。『衮』當从《類篇》作『条』。」馬校：「『条』，局作『衮』，不成字。」按：明州本、潭州本、金州本、毛鈔、錢鈔注「衮」字作「条」。段校、陳校、陸校、龐校、錢氏父子校同。

[一七] 方校：「案：此係新坿字。」

[一八] 方校：「案：《廣雅・釋器上》作『袼褔，次衣也』。今據補正。」龐校同。按：明州本、毛鈔、錢鈔注「袼」字作「次」。錢振常校同。

[一九] 明州本、錢鈔注「謶」字作「謶」。錢校同。

[二〇] 陳校：「『髦』，《説文》作『鬣』。」丁校據《説文》改「髦」作「鬣」。方校：「案：『鬣』譌『髦』，《類篇》同，據二徐本正。」按：《廣韻》亦作「鬣」。

[二一] 陳校从「隺」。馬校：「『䧪』，局誤『矐』。」丁校據《説文》作「䧪」。方校：「案：『䧪』譌『矐』，據《説文》正。」按：明州本、毛鈔、錢鈔「矐」字正作「䧪」。顧校、龐校、錢氏父子校同。

[二二] 明州本、毛鈔、錢鈔注「裘」字作「衺」。龐校同。馬校：「『衺』，局作『裘』。」按：潭州本、金州本注作「衺」，少一點。

[二三] 方校：「案：『㬥』譌『㬰』，據《爾雅・釋詁》音義正。」

[二四] 明州本、毛鈔、錢鈔注「通」字作「或」。錢振常校同。

[二五] 段校：「户各反。」方校：「案：《釋艸》音義：『霍，户各反。』無洛音。」

[二六] 明州本、金州本、毛鈔、錢鈔注「枹」字作「抱」。陸校同。段校：「《爾雅音義》『枹』音包。宋从扌。」馬校：「『抱』，局从木作『枹』。」

[二七] 方校：「案：『澤』譌『澤』，據《楚词・九思・憫上篇》正。」按：明州本、毛鈔、錢鈔注「澤」字正作「澤」。余校、韓校、陳校、龐校、錢氏父子校同。馬校：「『澤』，局誤『澤』。」

[二八] 丁校據《類篇》作「翻」。按：明州本、毛鈔、錢鈔注「翻」字作「翻」。段校、韓校、陳校、陸校同。馬校：「『翻』，局作『翻』。」方校：「案：『翻』譌『翻』，據宋本及《類篇》正。」

［二九］明州本、毛鈔、錢鈔「㦌」字作「㦌」。龐校、錢氏父子校同。

［三〇］陳校：「『胄』，一作『曹』。」方校：「案：『胄』，二徐本及《類篇》同。《韻會》、《論語疏》竝引作『曹』，段氏據正。」按：明州本、錢鈔注「胄」字作「胄」。龐校、錢氏父子校同。

［三一］方校：「案：『䶨』譌『䶨』，據《爾雅・釋器》正。」按：明州本、金州本、毛鈔、錢鈔注「䶨」字正作「䶨」。陳校、龐校、錢氏父子校同。

［三二］方校：「案：『薄』譌『簿』，據《廣雅・釋詁三》、《小爾雅・廣言》正。」按：明州本、潭州本、金州本、毛鈔、錢鈔「簿」字正作「薄」。顧校、汪校、龐校、錢氏父子校同。陳校：「當从艸。」馬校：「『薄』，局作『簿』。」

［三三］余校：「按：《地理志》博屬信都，不作『溥』也。」丁校：「《漢書・地理志》作『博』。」方校：「案：《漢書・地理志》『溥』止作『博』，以博水得名。」

［三四］陸校注作「膊」。馬校：「案：『膊』當爲『膞』。《太玄》同。《考工記・旊人》之『膞』字从專聲，市專反，不應伯各切。」

［三五］明州本、毛鈔、錢鈔注「濼」字作「濼」。龐校、錢氏父子校同。

［三六］明州本、潭州本、金州本注「鳥」字作「烏」。

［三七］明州本、潭州本、金州本、毛鈔、錢鈔注「屰」字作「屰」。顧校同。

［三八］方校：「案：『裹』譌『裹』，據二徐本正。」按：明州本、潭州本、金州本、毛鈔、錢鈔注「裹」字作「裹」。陳校、龐校同。

［三九］明州本、毛鈔、錢鈔「噾」字作「噾」。余校、陳校、顧校、龐校、錢振常校同。馬校：「『噾』，局作『噾』。」

［四〇］明州本、毛鈔注「莒」字作「莒」。余校、陸校、龐校、錢氏父子校同。馬校：「『莒』，局誤『莒』。」

［四一］毛鈔「翻」字作「翻」，注同。余校、顧校、陸校、龐校、錢氏父子校同。馬校：「『翻』，局誤『翻』，注同。」

［四二］陳校：「『二』，《說文》作『二』。」按：明州本、毛鈔、錢鈔注「二」字正作「二」。余校、顧校、陸校、龐校、錢氏父子校同。

［四三］方校：「案：《廣雅・釋艸》作『蘘荷，蓴且也』。」

［四四］明州本、毛鈔、錢鈔注「蜥」字作「蜥」。陳校、龐校同。

［四五］方校：「案：『夘』當从《類篇》作『𠨚』。」按：明州本、潭州本、金州本、毛鈔、錢鈔注「夘」字作「夗」。陳校、陸校、龐校同。呂校：「宜作『夗』。『𠨚』、『夘』同字。」

［四六］方校：「案：《廣雅・釋器上》作『轉』，此見《玉篇》。」

［四七］明州本、錢鈔注「柳」字作「柳」。龐校同。

［四八］段校：「『㐄』本《古文尚書》。」馬校同。

［四九］方校：「案：《廣雅・釋詁一》作『褌，𧜟也』。」

［五〇］明州本、潭州本、金州本、毛鈔、錢鈔注「鞋」字作「鞋」。段校、韓校、陳校、陸校、龐校、錢氏父子校同。馬校：「『鞋』，局誤『鞋』。」

［五一］明州本、錢鈔注「鍾」字作「鐘」。龐校、錢氏父子校同。

［五二］按：《類篇》作「榑」，當正。

［五三］余校作「跡」。方校：「案：『跡』譌『跡』，據《說文》正。」莫校同。

［五四］方校：「案：『目』譌『曰』，據《廣韻》正。」

［五五］呂校：「『鴉』宜作『烏』。」

［五六］明州本、錢鈔注「襄」字作「衰」。錢校同。方校：「案：『衰』譌『襄』，據宋本及《漢書・酈食其傳》注正。」馬校：「『衰』，局誤『襄』。」

［五七］明州本、毛鈔、錢鈔注「十」下有「一」字。龐校同。按：此小韻實三十一字，有「一」字是。

［五八］明州本、潭州本、金州本、毛鈔、錢鈔注「冥」字作「冥」。顧校、龐校、錢氏父子校同。

［五九］明州本、潭州本、金州本、毛鈔、錢鈔注「問」字作「間」。余校、韓校、陳校、龐校、錢氏父子校同。汪校从「日」。呂校：「宜作『間』。」方校：「案：『間』譌『問』，據宋本及二徐本正。」

［六〇］曹本「莫」作「莫」。方校：「案：『莫』譌『莫』，據《類篇》正。」

[六一] 明州本、潭州本、金州本、毛鈔、錢鈔注「宋」字作「宗」。段校、汪校、陳校、陸校、龐校、錢氏父子校同。馬校：「『宗』，局誤『宋』。」

[六二] 丁校據《說文》改「米」。按：明州本、毛鈔、錢鈔注「永」字作「米」。韓校、陳校、顧校、龐校、錢氏父子校同。馬校：「『米』，局誤『永』。」方校：「案：『米』譌『永』，據宋本及二徐本正。」潭州本、金州本作「木」。

[六三] 陳校：「『鞢』，履類。《類篇》作『鞢』。」按：《類篇・革部》有「鞢」無「鞢」。《廣雅・釋器上》：「鞢鞢，履也。」

[六四] 方校：「案：『履』譌『履』，據《廣雅・釋器上》正。」按：明州本、毛鈔、錢鈔注「履」字作「履」。龐校、錢氏父子校同。

[六五] 明州本、毛鈔、錢鈔注「鐵」字作「鐵」。龐校、錢振常校同。

[六六] 明州本、毛鈔、錢鈔注無「也」字。韓校、龐校同。馬校：「局刻『組』下有『也』字。」

[六七] 陳校：「『厝』，《詩》通作『錯』。」

[六八] 明州本、錢鈔注「犀」字作「犀」。龐校同。

[六九] 陳校：「『遺』，这遺也，亂也。今作『錯』。」方校：「案：小徐本作『迹遺』，大徐與此同。當依《篇》《韻》作『这遺』。」

[七〇] 明州本、錢鈔注「借」字作「借」。龐校、錢振常校同。誤。潭州本、金州本、毛鈔作「借」。

[七一] 明州本注「鼻」字作「鼻」。錢振常校同。

[七二] 明州本注「衛」字作「衛」。錢振常校同。

[七三] 明州本、潭州本、金州本、毛鈔、錢鈔注「作」字作「作」。龐校、錢振常校同。馬校：「下『作』字宋誤，局刻通作『作』。」

[七四] 方校：「案：『糳』當作『糳』。《說文》『糲』作『糲』，即古『糲』字。」按：明州本、毛鈔、錢鈔「糳」字作「糳」，注「糲」字作「糲」。段校、龐校、錢振常校同。馬校：「『糳』，局作『糳』，注同，省俗字也。」

[七五] 段校作「鑿」。馬校：「『鑿』，局作『鑿』，凡从『鑿』諸字，宋皆不誤，局俱作『鑿』。」

[七六] 呂校：「《廣韻》作『嗚嗥嗥』。」丁校：「《廣韻》『嗥嗥』上有『嗚』字。」方校：「案：注下當依《類篇》補『鳥聲』二字。」

[七七] 明州本注「笑」字作「笑」。錢鈔注作「笅」。

[七八] 《廣韻》「槨」字作「槨」。段校《廣韻》改「槨」。

[七九] 段校「卬」作「邛」。馬校：「『卬』當从卩，宋亦誤。」

[八〇] 方校：「案：此係新坿字。」

[八一] 明州本、錢鈔注「从」字作「作」。龐校、錢振常校同。誤。潭州本、金州本、毛鈔注作「从」。

[八二] 明州本、錢鈔注「幗」字作「幗」。龐校、錢振常校同。非是。潭州本、金州本、毛鈔作「幗」。方校：「案：『幗』譌『幗』，據《廣雅・釋器上》正。」

[八三] 丁校據《方言》改「蕃」。按：明州本、潭州本、金州本、毛鈔、錢鈔注「蕃」字作「蕃」。陳校、龐校、錢氏父子校同。方校：「案：『蕃』譌『蕃』，據宋本及《方言》一正。」

[八四] 方校：「案：『粤』譌『粤』，據《廣韻》正。」

[八五] 方校：「案：二徐本同，此亦讀連篆文之證。」按：明州本、潭州本、金州本、毛鈔、錢鈔注「皋」字作「皋」。龐校、錢氏父子校同。馬校：「『皋』，局作『皋』，『皋』『皋』，『皋』正俗字。」

[八六] 方校：「案：『厚』下二徐本有『以居』二字。『貌』，《類篇》作『貌』，陳氏云：『當从亢。』」按：明州本、金州本、毛鈔、錢鈔「貌」字正作「貌」。顧校、陸校、龐校、錢氏父子校同。馬校：「『貌』，局作『貌』。」潭州本作「貌」，从冢。又明州本、潭州本、金州本、毛鈔、錢鈔注「元」字作「亢」。顧校、陸校、龐校、錢氏父子校同。汪校从「几」。馬校：「『亢』，局作『元』。」

[八七] 明州本、錢鈔注「貉」「貉」二字互倒。龐校、錢振常校同。潭州本「貉」字作「貉」。

[八八] 明州本、錢鈔注「鹽」字作「盐」。錢振常校同。

[八九] 明州本、錢鈔注「裘」字作「裘」。段校、龐校同。馬校：「『裘』，局作『裘』。」

[九〇] 陳校：「《說文》作『灂』，失收。」方校：「案：大徐本『涸』下重文有『灂』字，此失收。《類篇》『灂』、『灂』均不録。」

［九一］明州本、錢鈔注「冱」字作「沍」。錢校同。馬校：「『冱』，局作『沍』，注同。」

［九二］馬校：「『洛澤』，今《楚辭》作『洛澤』。『洛』當作『垎』。王逸自注云：『垎，竭也。寒而水澤竭成冰。』《説文》『垎，水乾也』是其證。《鐸韻》『澤』、『洛』兩字宜刪。」

［九三］顧校：「『皠』作『𤿆』。」

［九四］明州本、錢鈔注「枹」字作「抱」。錢振常校同。馬校：「『抱』，局从木作『枹』。」

［九五］明州本、毛鈔「隺」字作「寉」。陳校、錢校同。馬校：「凡从『隺』諸字宋如是，局从俗作『寉』。」

［九六］明州本、潭州本、金州本、毛鈔、錢鈔注「振」字作「报」。韓校、陳校、龐校、錢氏父子校同。汪校从「艮」。方校：「案：『报』譌『振』，據宋本及《漢書·灌夫傳》『引繩批报』孟康注正。今毛刻『报』譌『根』，《朱子語類》辨之詳矣。报，胡恩切。」

［九七］明州本、潭州本、金州本、毛鈔、錢鈔注「世」字作「丗」。錢振常校同。

［九八］陳校从「厂」。丁校：「《漢書·地理志》作『厔』，《玉篇》無『鄠』字，明『鄠』字衍。今《説文》本作『右扶風鄠鄉盩厔縣』，更舛譌。」方校：「案：『盩屋』當作『盩厔』，毛刻作『鄠鄉盩厔縣』，非是。段氏校本據此及《類篇》正。鄠盩厔鄉謂鄠縣、盩厔縣，皆有郝鄉也。」按：明州本、金州本、毛鈔、錢鈔注「屋」字正作「厔」。余校、顧校、陸校、龐校、錢振常校同。

［九九］明州本、錢鈔注上「作」字作「从」。龐校、錢振常校同。馬校：「『从』誤，局作『作』。」

［一〇〇］方校：「案：『叡』譌『叡』，據《説文·𣦼部》正。」

［一〇一］按：《類篇·豕部》作「㲉」，未録此音義。

［一〇二］方校：「案：此係新坿字。」

［一〇三］陳校：「《篇》作『𡙇』，从大。《玉篇》亦从大。同『敲』。」按：明州本、錢鈔「𡙇」字正作「𡙇」，注「火」字作「大」。龐校、錢氏父子校同。

［一〇四］方校：「案：『粮』譌『糗』，據《類篇》正。」按：明州本、錢鈔注「糗」字正作「粮」。余校、陳校、龐校、錢振常校同。

［一〇五］明州本、毛鈔、錢鈔此字併注在「郝」下「𦯞」上。段校、韓校、陸校、龐校、錢振常校同。馬校：「此字併注宋在『郝』字注下。局在黑各切之末。」方校：「案：宋本『辛』譌『卒』。此字在『郝』下『𦯞』上。」

［一〇六］方校：「案：注兩『夂』字竝譌『久』，據《説文》正。」按：明州本、潭州本、金州本、毛鈔、錢鈔注「久」、「久」正作「夂」、「夂」。陳校、龐校同。馬校：「兩『夂』字局均作『久』。」又明州本、錢鈔注「止」作「土」，誤。

［一〇七］段校作「皮」。按：潭州本、金州本注「皮」字正作「皮」。明州本、毛鈔、錢鈔作「皮」。馬校：「『皮』當从支作『皮』，宋本亦『皮』。」

［一〇八］方校：「案：大徐本『腋』作『亦』，小徐與此同。『亦』、『腋』古今字。」

［一〇九］馬校：「『牆』，局作『墻』，俗。」

［一一〇］按：《史記·建元以來侯者年表》：「（元封）四年三月癸未侯張路歸義元年。」索隱：「『路』，姑洛反。」字从阝，作「路」。

［一一一］方校：「案：『渡』譌『度』，『斷』上奪『中』字，『鴨』下奪『子』字，據左思《吴都賦》注補正。但彼注指鰐，而言鰐一作鱷，即韓子在潮州所驅者與？《爾雅》『鮇鮹』之『鮥』。郭注謂似鱣而小者，判然不同，似不宜牽混爲一。」

［一一二］方校：「案：『悪』乃俗作，非隸體也。」

［一一三］段校：「今本作虳屬，非。」丁校：「《説文》作『虳』，無『鴃也』二字。」按：毛鈔注「鴃」字作「蚨」。韓校、龐校、錢校同。錢鈔缺左半，右半作「失」。方校：「案：『鴃也』，大徐本作『虳屬』，非。《長部》云：『鴃，蛋也。』與此爲轉注。宋本《説文》、《類篇》、《韻會》均可證。宋本作『蚨』，亦誤。」

［一一四］明州本、潭州本、金州本、毛鈔、錢鈔「頞」字作「頓」。顧校、錢振常校同。

［一一五］陳校：「『拆』字作『圻』。」方校：「案：『圻』譌『拆』，據《廣韻》正。」按：明州本、潭州本、金州本、毛鈔、錢鈔注「拆」字正作「圻」。龐校同。馬校：「『圻』，局誤『拆』。」

［一一六］錢鈔注「鉤」字作「鈞」，誤。

［一一七］明州本、毛鈔、錢鈔注「蜥」字作「蜥」。陳校、龐校、錢振常校同。馬校：「『蜥』，局誤『蜥』。」方校：「案：『易』譌『蜴』，據大徐本正。許書《虫部》無『蜴』字。」

［一一八］明州本、錢鈔注「即」字作「却」。龐校、錢振常校同。

［一一九］明州本、錢鈔注「鑴」字作「鑴」。錢校同。

［一二〇］明州本、錢鈔「篧」字作「篧」。陳校、顧校同。

［一二一］明州本、毛鈔、錢鈔注「旡」字作「无」。龐校、錢振常校同。

［一二二］丁校據《爾雅》改「壑」。明州本、潭州本、金州本、毛鈔、錢鈔「壑」作「壑」。汪校、龐校、錢振常校同。馬校：「宋本從俗，局作『壑』、『叡』，注同。」方校：「案：『叡』譌『叡』，據《類篇》正。」

［一二三］潭州本、金州本、毛鈔注「阬」字作「阬」。汪校、陳校、龐校、錢振常校同。方校：「案：『阬』譌『阬』，據宋本及《爾雅・釋詁》正。」

［一二四］明州本、潭州本、金州本、毛鈔、錢鈔注「霞」字作「霞」。余校、韓校、陳校、陸校、龐校、錢氏父子校同。馬校：「『霞』，局作『霞』。」方校：「案：『霞』譌『霞』，據宋本及《篇》、《韻》正。」

［一二五］明州本、毛鈔、錢鈔此字併注在「籰」字下「㬻」字上。段校、韓校、陸校、龐校、錢校同。馬校：「此字併注在『籰』字下，局在黄郭切之末。」方校：「案：宋本在『籰』下『㬻』上。」某氏校：「『蒦』上从丫，不从艸。」

［一二六］明州本、潭州本、金州本、毛鈔、錢鈔注「汃」字作「㳚」。余校、韓校、陳校、龐校、錢氏父子校同。段校：「宋本『㳚』《末韻》呼括切，考《江賦》㳚，呼括切，則作『㳚』是也。」馬校：「案：『㳚』，局作『汃』，皆誤。」方校：「案：『汃』，宋本及《類篇》作『㳚』，據郭璞《江賦》當作『㳚』。」

［一二七］明州本、毛鈔、錢鈔「額」字作「額」。顧校、龐校、錢氏父子校同。

［一二八］馬校：「案：《廣韻》：『篧，《爾雅注》云：捕魚籠。亦作篧。』《爾雅》有『篧』。大徐《説文》篆作『籗』，云：『籗』，或省。作霍聲，在《鐸韻》。《廣韻》苦郭切，此本音也。疑郭所據《爾雅》作『篧』，雀聲在《覺韻》仕角切。」

［一二九］明州本、毛鈔、錢鈔此字併注在「劆」下「籗」上。龐校、錢振常校同。馬校：「此字併注在『劆』字之下，局在『啰』字之上。」方校：「案：宋本在『劆』下『籗』上。」

［一三〇］方校：「案：『䩕』譌『䩕』，據《類篇》正。」按：明州本、潭州本、金州本、毛鈔、錢鈔「䩕」字正作「䩕」，注同。陳校、顧校、龐校、錢氏父子校同。馬校：「『䩕』，局作『䩕』，注同。」

［一三一］方校：「案：既云兩亭相對，則『亭』下不應从十，凡从『亭』者放此。」

［一三二］明州本、錢鈔注「端」字作「端」。龐校、錢氏父子校同。

［一三三］明州本、錢鈔注「或」字作「隸」。龐校、錢氏父子校同。

［一三四］明州本、潭州本、金州本、毛鈔、錢鈔「瞁」字作「瞁」，「矌」字作「矌」。陳校、顧校、陸校、龐校、錢氏父子校同。馬校：「局俱誤从目。」方校：「案：『瞁』、『矌』竝譌从目，據宋本及《玉篇》正。」

［一三五］明州本、潭州本、金州本、毛鈔、錢鈔「漼」字作「漼」。陳校、顧校同。

［一三六］明州本、潭州本、金州本、毛鈔、錢鈔「熶」字作「熶」。陳校、顧校同。《類篇・火部》亦作「熶」。前《沃韻》胡沃切亦作「熶」。

［一三七］明州本、潭州本、金州本、毛鈔、錢鈔注「伸」字作「申」。龐校、錢振常校同。

［一三八］明州本、潭州本、金州本、毛鈔、錢鈔「駝」字作「駝」。韓校、龐校、錢氏父子校同。

［一三九］明州本、毛鈔、錢鈔此字併注在「駈」下「鶩」上。段校、韓校、陸校、龐校、錢氏父子校同。馬校：「局刻『鋈』、『鶩』二字併注互倒。」方校：案：「宋本在『駈』下『鶩』上。」

［一四〇］明州本、潭州本、金州本「犨」字作「犨」。顧校同。

［一四一］明州本、潭州本、金州本、毛鈔、錢鈔「騅」字作「騅」。顧校同。

［一四二］方校：「案：『二』譌『一』，據宋本正。」按：曹本作「一」，顧氏重修本已改。

二十陌

[一] 丁校：「《廣雅》：『帞頭，帑也。』此引『帞』字連上爲句。」方校：案：「《廣雅·釋器上》：『帞頭，幧頭也。』此以『帞』字連上爲句，誤。」

[二] 段校：「當从夕。」黄彭年校：「《廣韻》：『蓦，静也』。『驀，上同』。一字二文。」

[三] 丁校據《廣雅》改「祔」。按：明州本、毛鈔注「禰」字正作「祔」。韓校、陳校、顧校、陸校、龐校、錢氏父子校同。馬校：「『祔』，局誤『禰』。」方校：「案：『祔』譌『禰』，據宋本及《廣雅·釋器上》正。又『袹腹』《廣雅》作『袙腹』。」

[四] 余校「㞕」作「㝢」。段校、陳校同。

[五] 方校：「案：『綸者』譌『即綸』，『牽』譌『搴』，『貉』上奪『縮』字，據《爾雅·釋詁》郭注補正。」按：明州本注「縮」字作「縮」。錢振常校同。又明州本、毛鈔、錢鈔注「搴」字正作「牽」。陳校、龐校、錢氏父子校同。

[六] 丁校據《説文》「宋」字作「宗」。按：明州本、潭州本、金州本、毛鈔、錢鈔注「宋」字正作「宗」。段校、汪校、韓校、陳校、陸校、龐校、錢氏父子校同。馬校：「『宗』，局誤『宋』。」

[七] 明州本、潭州本、金州本、毛鈔、錢鈔注「宋」字作「宗」。段校、汪校、韓校、陳校、龐校、錢氏父子校同。馬校：「『宗』，局誤『宋』。」

[八] 明州本、金州本、毛鈔、錢鈔注「四」字作「匹」。段校、陳校、陸校、龐校、錢振常校同。馬校：「『匹』，局誤『四』。」方校：「案：『匹』譌『四』，據宋本及《類篇》、《韻會》正。」

[九] 丁校據《説文》作「任」。按：明州本、潭州本、金州本、毛鈔、錢鈔注「住」字正作「任」。陳校、陸校、龐校、錢氏父子校同。汪校从「壬」。馬校：「『任』，局誤『住』。」方校：「案：『任』譌『住』，據宋本及《説文》正。」

[一〇] 方校：「案：《類篇》『䨲』與此同，『䨲』从三『兔』，入《兔部》。」按：明州本、毛鈔、錢鈔注「䨲」字正作「䨲」。龐校、錢振常校同。

[一一] 明州本、潭州本、金州本、毛鈔注「息」字作「息」。段校、陳校、陸校、龐校、錢氏父子校同。馬校：「『息』，局誤『息』。」

[一二] 明州本、毛鈔、錢鈔「冐」字作「冐」。龐校、錢氏父子校同。

[一三] 陳校「罽」作「罽」。方校：「案：『罽』譌『罽』，據《漢書·西域傳上》正。」

[一四] 方校：「案：『掬』，二徐作『鞠』，據《爾雅·釋木》、《禮·雜記上》當作『椈』。」按：明州本、毛鈔注「掬」字正作「椈」。陳校、顧校、陸校、龐校、錢氏父子校同。

[一五] 余校「甎」作「甎」。陳校同。陳校「瓻」作「瓻」。方校：「案：『甎瓻』譌『甎瓻』，據《類篇》及《廣雅·釋室》正。」

[一六] 陳校：「『郁』，《山海經》作『鴾』。」方校：「案：《山海經》三《北山經》：『縣雍之山其鳥多白翟、白鵺。』與《字林》異。」

[一七] 方校：「案：『矺』譌从毛，據《韻會》正。」按：毛鈔注「矺」字正作「矺」。陳校、顧校、陸校同。

[一八] 明州本、毛鈔、錢鈔注「豎」字作「竪」。龐校、錢振常校同。

[一九] 陳校：「『矺』、『尾』二字入《麥韻》。」

[二〇] 陳校「葉」下有「也」字。方校：「案：『葉』下二徐本竝有『也』字。」

[二一] 明州本、潭州本、金州本、錢鈔注「溘」字作「溘」。錢振常校同。

[二二] 明州本、錢鈔注「秏」上有「一」字。毛鈔空格。段校：「注『秏』衍。」陸校同。馬校：「注『秏』上宋空格，『秏』當衍。」

[二三] 方校：「案：『無』下『味』字殘闕，據《玉篇》、《類篇》補。」按：顧氏重修本不殘。

[二四] 明州本、潭州本、金州本、錢鈔注「汁」字作「汁」。龐校、莫校、錢氏父子校同。汪校从氵。

[二五] 方校：「案：『宨』譌『宨』，據《説文》正。」按：明州本、潭州本、金州本、毛鈔、錢鈔「宨」字正作「宨」。陳校、龐校、錢氏父子校同。馬校：「『宨』，局作『宨』，注同。」

〔二六〕明州本、毛鈔、錢鈔「懌」字作「擇」。韓校、陳校、龐校、錢氏父子校同。吕校：「宜作『擇』。」方校：「案：『擇』譌『懌』，據宋本及《説文》正。小徐本『柬』作『簡』，此从大徐。」

〔二七〕方校：「案：『䨵』譌『䨵』，據《類篇》正。」按：明州本、毛鈔、錢鈔注「䨵」字正作「䨵」。韓校、陳校、龐校、錢氏父子校同。

〔二八〕丁校據《地理志》改「在」作「翟」。方校：「案：『翟』譌『在』，據《漢書·地理志》正。」按：明州本、潭州本、金州本、毛鈔、錢鈔注「在」字正作「翟」。余校、韓校、陳校、龐校、錢氏父子校同。吕校：「『在』宜作『翟』。」馬校：「注『翟』，局誤『在』。」

〔二九〕按：《錫韻》乃歷切「㲹」字注「和」上有「相」字。

〔三〇〕明州本、潭州本、金州本、毛鈔、錢鈔「沍」字作「沍」。龐校、錢氏父子校同。汪校改从「互」。陳校：「『沍』當从⺀。」參《鐸韻》歷各切「洛」字。

〔三一〕陳校：「『柳』入《麥韻》。」

〔三二〕方校：「案：盧校《方言》十一云『地蠭』。《廣雅·釋蟲》作『地蠭』。『蠭』亦『蠭』字，見《篇海》。宋本作『蠭』，各本作『蠭』，此又从夭作『蠭』，皆後來孳生字也。據《説文》、《類篇》當以『蠭』爲正。」

〔三三〕方校：「案：『講』譌『講』，據宋本及二徐本正。」按：明州本、毛鈔、錢鈔「講」字正作「講」。錢校同。馬校：「『講』，局作『講』，誤。」

〔三四〕余校从「門」，下同。方校：「案：『閲』譌从門。據《爾雅·釋言》及《方言》一正。」

〔三五〕方校：「案：『幗』譌『幗』，據《廣雅·釋器上》正。」

〔三六〕方校：「案：『壑』當从《類篇》作『壑』。」按：明州本「壑」字作「壑」。馬校：「『壑』，局作『壑』。《淮南·原道訓》『壑』讀赫赫明明之赫。」

〔三七〕段校「沐」作「沭」。陸校同。方校：「案：『潤沭』譌『潤沐』，據宋本《方言》十正。」

〔三八〕陳校：「《類篇》作『翻』。」按：《類篇·羽部》「翻」字無郝格切，「翻」字有，訓飛皃。

〔三九〕明州本、錢鈔注「峈」字作「喀」。

〔四〇〕明州本、錢鈔注「茾」字作「荞」。龐校、錢振常校同。與《類篇》合。

〔四一〕方校：「案：『鉤』當从《類篇》作『鉤』。」

〔四二〕明州本注「枝」字作「枝」。余校、龐校、錢振常校同。按：《説文》作「枝」。

〔四三〕陳校：「『諸』，《方言》作『詌』，誤。宋本《方言》作『諸』。」方校：「案：《方言》十一同。宋本『蛄』作『蛄』，誤。」

〔四四〕按：「路」當作「路」。見前《鐸韻》剛鶴切「路」字校語。

〔四五〕明州本、潭州本、金州本、毛鈔、錢鈔同。曹本注無「人」上「闕」字，「漢」下「有」字。方校：「案：『人』上闕『闕』字，『漢』下闕『有』字，據宋本及《類篇》補。」按：顧氏重修本已補。

〔四六〕明州本、毛鈔、錢鈔無「也」字。錢振常校同。

〔四七〕方校：「案：《説文》作『頟』，當以『額』爲或體。」

〔四八〕方校：「案：句見《九思·憫上篇》，一本『阜』作『邑』，『客』作『珞』，注謂長而多有貌也。」

〔四九〕方校：「案：『鰝』譌『鰝』，據《廣韻》正。」

〔五〇〕方校：「案：『鄂』當从《類篇》作『鄂』。《禮·中庸》疏又作『槢』。」

〔五一〕方校：「案：『輅』，《類篇》同，當从《篇》、《韻》作『輻』。」

〔五二〕陳校：「『獲』，《廣韻》入《二十一麥》，得也。」

〔五三〕陳校：「『䨵』、『䨵』二字亦入《麥韻》。」

〔五四〕《廣韻》無「皃」字。

〔五五〕陳校：「『烞』入《麥韻》，赤也。」

〔五六〕馬校：「凡从『砉』諸字，宋皆如此作，局俱作『砉』，从丰。」

[五七] 陳校：「『捇』入《麥韻》，又掘土也。」

[五八] 陳校：「入《麥韻》，門聲。」

[五九] 陳校：「入《麥韻》。」

[六〇] 陳校：「入《麥韻》。」

[六一] 段校「神」作「社」。陸校同。陳校：「『神』，《説文》作『社』。」馬校：「『神』當爲『社』，宋亦誤。」

[六二] 明州本、潭州本、金州本、毛鈔、錢鈔注「十」下有「一」字。錢校同。馬校：「局脱『一』。」龐校：「『十』下有『一』字。」

[六三] 明州本、錢鈔注「打」字作「朾」。錢校同。

[六四] 陳校：「『埻』入《麥韻》。」

[六五] 明州本、錢鈔注「閉」字作「閇」。錢振常校同。

[六六] 明州本、錢鈔注「十四」作「四十」。龐校同。按：此小韻實十四字。潭州本、金州本、毛鈔作「十四」，不誤。

[六七] 明州本、毛鈔、錢鈔「藧」字作「藧」。明州本、潭州本、金州本、毛鈔、錢鈔注「尋」字作「尋」。汪校同。

[六八] 方校：「案：『靳』譌『靳』，據《類篇》正。」

[六九] 明州本、潭州本、金州本、毛鈔、錢鈔注「從」字作「从」。龐校、錢氏父子校同。

[七〇] 明州本、金州本、錢鈔「鰛」字作「鰛」。顧校同。

[七一] 明州本、毛鈔、錢鈔注「鶏」字作「雞」。錢振常校同。馬校：「『雞』，局作『鶏』。」

[七二] 明州本、潭州本、金州本、錢鈔注「禹」字作「萬」。龐校同。

[七三] 陳校：「『索』又入《麥韻》，《博雅》作『索』。」方校：「案：《廣雅・釋詁一》訓取，《釋詁三》訓求，兩『索』字竝作『索』。」

[七四] 陳校：「『溹』又入《麥韻》。」

[七五] 《類篇・髟部》「堅」字作「竪」。

[七六] 方校：「案：『硦』譌『硦』，據二徐本正。」

[七七] 陳校：「『索』同『索』，又入《麥韻》。」

[七八] 方校：「案：『捘』譌『捘』，據大徐本正，小徐本作『入家捘索之皃』。」按：明州本、毛鈔注「捘」字正作「捘」。馬校：「『捘』，局作『捘』，非。」

[七九] 陳校：「又入《麥韻》，霰也。」

[八〇] 明州本、毛鈔注「鄂」字作「鄂」。龐校、錢振常校同。

[八一] 陳校：「『峉』同『峉』。」按：明州本注「峉」字作「峉」。陸校、錢振常校同。馬校：「『峉』當作『峉』，下實窄切作『峉』。」

[八二] 丁校據《説文》「兀」作「瓦」，「止」作「上」。方校：「案：『瓦』譌『兀』，『上』譌『止』，據二徐本正。」按：明州本、毛鈔、錢鈔注「兀」字正作「瓦」，「止」字正作「上」。段校、韓校、陳校、陸校、龐校、錢氏父子校同。馬校：「局『瓦』誤『兀』，『止』誤『上』。」

[八三] 明州本、錢鈔注「湓」字作「湓」。龐校同。

[八四] 方校：「案：『攤』譌『攤』，據大徐本正。小徐本作『灘』，尤誤。」按：明州本、潭州本、金州本、錢鈔注「攤」字正作「攤」。龐校、錢校同。

[八五] 丁校：「『行扈唶唶』係賈逵注語。」方校：「《四庫考證》案：『行扈唶唶』四字係賈逵注語，此作傳文誤。」

[八六] 毛鈔注「鳿」字作「鳿」，明州本、金州本、毛鈔、錢鈔注「鴇」字作「鴇」。陳校、顧校、陸校、龐校、錢氏父子校同。方校：「案：『鳿鴇』宋本作『鳿鴇』，舊本《廣雅・釋鳥》同。王氏據《羣經音辨》及《埤雅》改『鴇』爲『鳴』，此書限於音韻，姑从宋本。」馬校：「局作『鳿鴇』，均誤。」

[八七] 陳校：「『咋』入《麥韻》。」

[八八] 陳校：「『耤』入《麥韻》士革切。以叉矛取物也。」

［八九］丁校據《類篇》「聞」作「間」。方校：「案：『閒』譌『聞』，『作』譌『从』，據《玉篇》、《類篇》正。」按：明州本、潭州本、金州本、毛鈔、錢鈔注「从」字正作「作」。龐校同。

［九〇］許克勤校：「『卻』，《説文》从邑，此譌。」方校：「案：『郤』譌『卻』，據《説文》正。」按：明州本、潭州本、金州本、毛鈔、錢鈔「卻」字正作「郤」。陳校、龐校、錢氏父子校同。馬校：「此是地名，从卩非。」

［九一］陳校：「『巳』，《釋文》作『巳』，《篇海》作『𢀜』。」

［九二］方校：「案：詳訓義則字當作『𡧎』。或上从少作『𡨡』，或中从曰作『𡧜』，均非。」

［九三］方校：「案：『㣚』譌『㣚』，據《廣雅・釋詁一》正。」按：明州本、潭州本、金州本、毛鈔、錢鈔「㣚」字正作「㣚」。龐校、錢振常校同。馬校：「『㣚』，局作『㣚』，此字當从卩，从阝非。下同。」

［九四］呂校：「宜作『倦』。」黄彭年校：「彭年按：《考工記・輈人》注云：『券，今倦字也。』今本《廣雅》皆作『券』，不煩改字。」

［九五］方校：「案：『㣚』譌『㣚』，據《類篇》正。《説文》訓勞，勞故疲也。」按：明州本、潭州本、金州本、毛鈔、錢鈔「㣚」字正作「㣚」。顧校同。

［九六］陳校：「『咵』當作『誇』。」方校：「案：『誇』譌『咵』，據《廣韻》正。」按：明州本、金州本、毛鈔、錢鈔注「咵」字正作「誇」。龐校、錢氏父子校同。

［九七］方校：「案：《説文》篆作『𩋙』，當以『鞾』爲正。注『戟』亦當作『鞾』，此上从艹，誤。」按：明州本、金州本、毛鈔、錢鈔「戟」字正作「鞾」。段校、龐校、錢氏父子校同。馬校：「局作『戟』，不成字，注同。」

［九八］方校：「案：『搁』譌『拘』，《類篇》同，據《漢書・五行志中之上》注正。」

［九九］方校：「案：《説文》『丮』隸作『丸』，凡『執』、『埶』、『孰』、『谻』、『仇』等字从之，偏旁或作『丸』，『肒』、『玌』等字所从，此作『九』，非是。」

［一〇〇］方校：「案：『髭』譌从比，據《廣韻》正。《類篇》作『髮』。」按：明州本、毛鈔注「髭」字正作「髭」。陸校、龐校、錢振常校同。

［一〇一］明州本、錢鈔注「玃」字作「矍」。龐校、錢振常校同。

［一〇二］明州本、錢鈔注「笑」字作「笑」。錢振常校同。

［一〇三］按：「俗」當作「俗」。《玉篇・人部》：「俗，渠戟切。倦也。」

［一〇四］方校：「案：『屐』譌『屐』，據《説文》正。」

［一〇五］方校：「案：『輾』譌『輾』，據《廣韻》正。注『免』當作『兔』。」

［一〇六］方校：「案：『跂』譌从攴，據《莊子・德充符篇》正。《類篇》作『跂』。」

［一〇七］陳校：「《廣韻》入《二十一麥》。」

二十一麥

［一］方校：「案：『麦』譌『麥』，『穜』譌『種』，『蘳』譌『蓶』，『夊』譌『夕』，竝據《説文》正。」按：明州本、潭州本、金州本、毛鈔、錢鈔「麥」字正作「麦」。顧校同。馬校：「凡从『麦』諸字，宋如此作，局俱作『麥』。」又明州本、錢鈔注「夕」字作「名」。龐校：「宋誤。」潭州本、金州本、毛鈔作「夊」。韓校、陳校、錢校同。

［二］明州本、潭州本、金州本、毛鈔、錢鈔「霢」字作「霢」。顧校、龐校、錢氏父子校同。馬校：「『霢』，局作『霢』，不成字。」

［三］陳校：「『衂』，《説文》籀文『𧖴』，失收。」

［四］呂校：「『理』下有『之』字。」

［五］明州本、潭州本、金州本「脈」字作「眽」。龐校、錢振常校同。汪校：「从目。」呂校：「宜从目。」

［六］余校「財」作「相」。陳校：「徐曰：『目略視也。』『財』，《類篇》亦作『略』。《廣韻》引《説文》『目衺視也』。《玉篇》：

『眎眎，姦人視也。』」方校：「案：『財』，二徐本同，《廣韻》引作『邪』，段校改『衺』。《類篇》『財』作『略』，誤。」

[七] 明州本、毛鈔、錢鈔注「賑」字作「𧻓」。韓校、陳校、龐校、錢氏父子校同。馬校：「『𧻓』，局誤『賑』。」方校：「案：宋本『賑』作『𧻓』。」

[八] 明州本、潭州本、金州本、毛鈔、錢鈔「鵴」、「雓」作「鶐」、「䳱」。錢振常校同。馬校：「『鶐』、『䳱』，局作『鵴』、『雓』。」

[九] 方校：「案：『茀』譌从竹，據《爾雅·釋詁》正。」按：明州本、潭州本、金州本、毛鈔、錢鈔注「第」字正作「茀」。陳校、顧校、陸校、龐校、錢氏父子校同。馬校：「『茀』，局誤『第』。」

[一〇] 方校：「案：『枸』譌『拘』，據《方言》九正。」

[一一] 陳校：「『鷺』當作『鷺』，从脈，同。『鷺』見《錫韻》莫狄切。」

[一二] 方校：「案：『薛』譌『薛』，據本文正。」按：明州本、潭州本、金州本、毛鈔、錢鈔注「薛」字正作「薛」。陳校、丁校、龐校、錢氏父子校同。吕校：「宜作『薛』。」

[一三] 明州本、錢鈔注「搗」字作「搗」。龐校、錢振常校同。誤。潭州本、金州本、毛鈔作「搗」。

[一四] 按：《廣韻》作「䴙」，云：「豆中小硬者，出《新字林》。」

[一五] 方校：「案：《方言》八『鸊』作『鷿』。」

[一六] 明州本、潭州本、金州本、錢鈔注「皀」字作「皀」。

[一七] 明州本、毛鈔注「糸」字作「絲」。錢振常校同。

[一八] 方校：「案：『糣』譌『糣』，據《類篇》正。」

[一九] 馬校：「『飯』，局作『飰』。」方校：「案：『飰』字俗，當从《類篇》作『飯』。『腥』，《爾雅·釋器》音義引李巡説同，《類篇》作『生』。」

[二〇] 明州本、潭州本、金州本、毛鈔、錢鈔注「劈」字作「劈」。陳校、龐校同。

[二一] 丁校據《廣韻》作「櫨」。方校：「案：『櫨』譌『蘊』，據《廣韻》正。」按：明州本、金州本、毛鈔、錢鈔注「蘊」字正作「櫨」。龐校同。

[二二] 明州本、潭州本、金州本、毛鈔、錢鈔注上「雅」字作「爾」。汪校、陳校、顧校、陸校、龐校、錢氏父子校同。方校：「案：《爾雅》：『柍，赤楝，白者楝。』單疏本、雪窗本、正德本同。閩本、監本作『楝』，非。見《校勘記》。毛本赤楝之『楝』从東，白者楝之『楝』从東。與此書所引同。然據邢疏引某氏曰『其色雖異，爲名則同』，不應分作兩體，《廣韻》、《類篇》亦可證。注『《爾雅》』譌『雅雅』，則鈔胥之誤，今依宋本正。」

[二三] 《説文新附》收此字。鈕樹玉《説文新坿考》：「《韻會》『槭』引潘岳賦：『庭樹槭以灑落。』今《文選·秋興賦》『槭』作『摵』，則後人改也。《集韻》『摵，空枝皃』，當本《文選》，則『摵』即『槭』之俗。」

[二四] 明州本、錢鈔「愬」字作「愬」。錢校同。吕校：「宜从『屰』。」

[二五] 陳校：「《博雅》『虩』字作『虩』。」

[二六] 方校：「案：此與下文『痺』、『揀』，《廣韻》竝从東。」

[二七] 明州本、金州本、錢鈔「霢」字作「霢」。龐校：「从『冊』之字並同。」錢校：「从『冊』，下同。」陳校：「《廣雅》作『霡』。」

[二八] 明州本、錢鈔注「瘯」字作「瘯」。錢校同。馬校：「『瘯』，局作『瘯』，从俗。」

按：斯二〇七一亦作「霡」。

[二九] 明州本、金州本、毛鈔、錢鈔注「粺䊪」作「䊪粺」。陸校、龐校、錢振常校同。又丁校據《玉篇》「壤」作「壞」。按：明州本、潭州本、金州本、毛鈔、錢鈔注「壤」字正作「壞」。段校、陸校、龐校、錢氏父子校同。又明州本、金州本、毛鈔、錢鈔注「也」字作「米」。韓校、陸校、龐校、錢振常校同。馬校：「局作『粺䊪壞也』，四字大誤。下側革切作『䊪粺，壞米』。」方校：「案：『壞米』譌『壤也』，據宋本及《類篇》正。」按：下文丑厄切作「䊪粺，壞米」。馬校作「側革切」，誤。

[三〇] 明州本、金州本、錢鈔「糒」字作「糒」。龐校同。

[三一] 方校：「案：『簪』譌从竹，據《戰國·秦策》注正。」按：明州本、潭州本、金州本、毛鈔、錢鈔注「簪」字正作「簪」。陳校、陸校、龐校、錢氏父子校同。馬校：「『簪』，局誤从竹作『簪』。」

［三二］明州本、金州本、錢鈔「冊」、「冊」、「箣」作「冊」、「冊」、「箣」。龐校、錢振常校同。龐校云：「从『冊』者並同。」馬校：「局作『冊』、『冊』、『箣』，一長一短，中有二編之形，則局是。」

［三三］方校：「案：『王』下《說文》有『也』字，《類篇》不奪。」

［三四］某氏校：「『敇』或作『赦』，未詳。」

［三五］方校：「案：『浄』當从《類篇》作『淨』。」按：明州本、毛鈔、錢鈔注「浄」字正作「淨」。龐校同。

［三六］明州本、潭州本、金州本、毛鈔、錢鈔注「蒯」字作「莿」。錢校同。

［三七］明州本、毛鈔、錢鈔注「鐵」字作「鐵」。龐校、錢振常校同。

［三八］陳校：「又入《陌韻》《博雅》杙也。」某氏校：「『柵』，《廣韻》測戟切，入《二十陌》。」

［三九］陳校：「『策』，古作『敇』，从攴，策聲。」方校：「案：《廣雅·釋詁三》作『摠』，又『策』，《類篇》作『敇』，誤。」

［四〇］明州本、錢鈔注「剌」字作「刺」。錢振常校同。

［四一］明州本、金州本、錢鈔注「萎」字作「委」。龐校、錢振常校同。

［四二］明州本、金州本、錢鈔注「柵」字作「柵」。錢振常校同。

［四三］馬校：「『挾』，局誤『挾』。」

［四四］明州本、金州本、毛鈔、錢鈔注「嘖」字作「責」。韓校、龐校、錢氏父子校同。方校：「案：宋本『嘖』作『責』，今據正。」

［四五］陳校：「『諎』、『唶』入《陌韻》。」方校：「案：《廣韻》『諎』作『咋』。」

［四六］方校：「案：『曰』上當依宋本補『一』字。」按：曹本「曰」上空白，無「一」字。諸宋本及影鈔本均有。顧氏重修本已補。

［四七］陳校作「牀」。丁校據《說文》作「牀」。方校：「案：『牀』譌『休』，據二徐本正。」按：金州本、毛鈔注「休」字作「牀」。

［四八］方校：「案：此見《釋言》，今本誤奪。」龐校、錢氏父子校同。

［四九］明州本、金州本、錢鈔注「浄」字作「浄」。錢振常校同。

［五〇］明州本、金州本、錢鈔「賾」字作「賾」。錢振常校同。

［五一］方校：「案：『潁』譌『潁』，據新、舊《唐書》正。」按：潭州本、金州本作「頛」，亦誤。

［五二］明州本、金州本、毛鈔、錢鈔注「麥」字作「灰」。龐校、錢氏父子校同。馬校：「『灰』，宋誤，局作『麥』。」

［五三］陳校：「『哲』，《類篇》作『晳』。」方校：「案：『晳』譌『哲』，據《左氏·定公九年傳》正。『齰』，傳作『幘』，與《說文》引異。」按：明州本、毛鈔、錢鈔注「哲」字正作「晳」。段校、陳校、陸校、龐校、錢氏父子校同。馬校：「『晳』，局誤『哲』。」

［五四］潭州本、金州本、毛鈔注「欣」字作「欣」。段校、韓校、陳校、陸校、龐校、錢氏父子校同。馬校：「『欣』，局誤『欣』。」方校：「案：『欣』譌『欣』，據宋本及《類篇》正。」

［五五］明州本、金州本注「笑」字作「笑」。錢振常校同。

［五六］丁校：「『彳从』二字互乙，非，蓋未見宋刻本也。」方校：「案：『彳』上誤奪『从』字，今補。」按：明州本、毛鈔、錢鈔注「彳」上有「从」字。顧校、陸校、錢校同。馬校：「『从』，局脱。」

［五七］陳校：「『嫡』、『黐』、『窗』入《陌韻》。」

［五八］明州本、潭州本、金州本、毛鈔注「博」字作「摶」。韓校、陳校、陸校、龐校、錢氏父子校同。馬校：「『摶』，局誤『博』。」方校：「案：『博』當作『摶』。『黐，摶也』，見《廣雅·釋詁三》。宋本不誤。又《釋詁四》：『黐，黏也。』王氏云：『黐與黐同音，摶與黏同義。』」

［五九］陳校：「『鷁』入《陌韻》，鷁鳥，鷄屬。」

［六〇］方校：「案：『豎』譌『豎』，下『瞞』注『目豎』又譌『豎』，今竝據《類篇》正。」按：明州本、潭州本、金州本、毛鈔、錢鈔注「豎」字作「豎」。韓校、錢振常校同。馬校：「『豎』當作『豎』，宋誤，局作『豎』，亦誤。」

［六一］陳校：「『糈』當作『糏』。」方校：「案：『糏』譌『糈』，據《廣雅·釋器下》正。《類篇》『糜』作『靡』，尤誤。」

[六二] 明州本、錢鈔「䩡」字作「䩡」。錢振常校同。

[六三] 明州本、毛鈔、錢鈔注「五」字作「三」。馬校：「『三』，宋誤。局作『五』。」

[六四] 明州本、毛鈔、錢鈔「欣」字作「皲」。韓校、陳校、龐校、錢校同。馬校：「『皲』，局作『欣』。」方校：「案：『欣』譌『欣』，據宋本及《類篇》正。」

[六五] 明州本、錢鈔「疒」字作「疒」。錢校同。誤。潭州本、金州本、毛鈔作「疒」。

[六六] 方校：「案：『嬾』當从《類篇》作『嬾』，毛刻與此同誤。『髻』譌『髻』，據大徐本《臥部》及《類篇》正。」

[六七] 余校注「西」字作「襾」。段校、陳校、陸校同。馬校：「『襾』，局誤作『西』。」方校：「案：『覈』上从襾，不从西。『襾』，呼訝切。注作『西』，尤謬。」

[六八] 明州本、錢鈔注「地」字作「也」。龐校、錢氏父子校同。

[六九] 馬校：「案：《詩·小雅》『肴核維旅』。《文選》左思賦作『肴槅』，『核』、『槅』雙聲通用也。果中核當以『覈』爲正字也，《毛詩》『肴核』，蔡邕注《典引》用《魯詩》作『肴覈』，《地官》『覈物』亦作『覈』字，『核』與『覈』亦雙聲。」

[七〇] 方校：「案：『椴』，見《説文》，《廣韻》別出『煅』字，亦訓燒麥。」陳校：「《廣韻》作『煅』，从火，誤。」

[七一] 潭州本、金州本注《莊子》上空一格，他本不空。

[七二] 明州本、錢鈔注「鳴」字作「鳴」。龐校、錢氏父子校同。《類篇》作「鳴」。

[七三] 陳校：「『礐』，《廣韻》入《麥韻》。」

[七四] 方校：「案：《説文·衣部》『䙐』作『䙐』。」

[七五] 明州本、毛鈔、錢鈔「䈲」字作「䈲」。龐校同。誤。潭州本、金州本作「䈲」。

[七六] 明州本、毛鈔、錢鈔「䩞」字作「䩞」。龐校、錢氏父子校同。潭州本、金州本作「䩞」。

[七七] 方校：「案：『臼』譌『臼』，據二徐本正。」

[七八] 方校：「案：《廣雅·釋器上》『䩭』作『䩭』。」

[七九] 陳校：「『䗔』作『䗔』，同。」方校：「案：『䗔』，二徐本及《類篇》同，《篇》、《韻》並作『䗔』。」

[八〇] 陳校：「『鰝鯙』，魚名。又入《陌韻》。」

[八一] 方校：「案：『戹』从㔾，古从戶作『戹』，此『戹』上加點，『戹』下从巳，並非。」

[八二] 陳校：「『豖』作『豕』。」方校：「案：『䝟』譌『䝟』。注『豖』譌『豕』，今改。下『䜀』、『歒』譌『䜀』、『歒』，並宜訂正。」

[八三] 方校：「案：『玉』譌『土』，據《史記·范睢傳》注正。」按：明州本、金州本、毛鈔、錢鈔注「土」字正作「玉」。陳校、顧校、陸校、龐校、錢氏父子校同。馬校：「『玉』，局誤『土』。」

[八四] 明州本、金州本、錢鈔「啟」字作「欧」。注同。余校、陳校、龐校、錢校同。

[八五] 明州本、錢鈔注「皃」字作「皃」。錢校同。

[八六] 丁校「隹」上有「从」字。按：明州本、潭州本、金州本、毛鈔、錢鈔注「隹」上正有「从」字。汪校、龐校、錢振常校同。吕校：「脱『从』字。」方校：「案：『高足』，郭注作『脚高』，『或』下奪『从』字，據宋本補。」

[八七] 陳校：「『䩼』，補履也。又入《陌韻》。」

[八八] 明州本、錢鈔「鵖」字作「鵖」。余校、陳校、顧校、龐校同。

[八九] 馬校：「局誤『畫』，注作『畫』。」方校：「案：據《説文》當作『畫』，『畫』、『畫』。」某氏校：「《廣韻》凡音胡麥切者以『獲』居首，故古獲、求獲等切附之，此既歸『獲』于《二十陌》，而『聝』、『趪』等字復以『獲』得音，何也？」

[九〇] 潭州本、金州本注「吅」字作「叫」。錢振常校同。明州本、毛鈔、錢鈔注作「叫」。馬校：「『叫』，局作『吅』。」

[九一] 明州本、潭州本、金州本、毛鈔、錢鈔注「雀」字作「崔」。余校、韓校、陳校、顧校、陸校、龐校、莫校、錢氏父子校同。方校：「案：『崔』譌『雀』，據宋本及《莊子·養生主》釋文正。」

[九二] 明州本、錢鈔注「乖」字作「菲」。錢校作「菲」。方校：「案：『剌』譌『刺』，據《廣雅·釋訓》正。」

[九三] 方校：「案：『目』譌『日』，據《篇》、《韻》正。」按：明州本、金州本、毛鈔、錢鈔注「日」字正作「目」。余校、陳校、龐校、錢氏父子校同。吕校：「宜作『目』。」

[九四] 方校：「案：《廣韻》呼麥切訓鞭聲，楷革切訓鞭皃，攷《説文》『磐』訓堅，《玉篇》『磐』亦訓堅，則作『鞕』者非。」

[九五] 潭州本、金州本「逆」字作「逆」，俗。

[九六] 明州本、潭州本、金州本、毛鈔、錢鈔注「我」字作「我」。韓校、陳校、顧校、龐校、錢氏父子校同。

[九七] 方校：「案：《廣雅・釋親》『脚』作『腳』。」

[九八] 方校：「案：『挻』譌『梃』，據《類篇》正。」按：明州本、毛鈔、錢鈔「梃」字正作「挻」。陳校、陸校、龐校、錢氏父子校同。馬校：「『挻』，局从木作『梃』。」

[九九] 余校「倮」作「裸」。

[一〇〇] 明州本、錢鈔注「蒦」字作「獲」。馬校：「『獲』，局作『蒦』。」

[一〇一] 明州本、錢鈔注「戹」字作「戹」。錢振常校同。按：當作「戹」。

[一〇二] 明州本、潭州本、金州本、毛鈔、錢鈔注「讀」字作「説」。龐校、錢氏父子校同。馬校：「『説』，局誤『讀』。」

[一〇三] 明州本、毛鈔、錢鈔注「鶔」字作「驚」。段校、韓校、陳校、陸校、龐校、錢氏父子校同。吕校：「宜作『驚』。」馬校：「『驚』，局作『鶔』，不成字。」方校：「案：『驚』譌『鶔』，據宋本及《莊子・秋水篇》釋文正。」

[一〇四] 陳校：「『澌』入《陌韻》。」

[一〇五] 方校：「案：『搏』譌『摶』，據《廣雅・釋詁三》正。」

二十二昔

[一] 明州本、毛鈔、錢鈔注「日」字作「曰」。誤。馬校：「『曰』，宋誤，局作『日』。」潭州本、金州本作「日」。與《説文》同。

[二] 方校：「案：《經籍籑詁》引《廣雅・釋詁二》『曝』作『乾』，王本同。」

[三] 方校：「案：『磧』譌『磽』，據《廣雅・釋室》正。」按：明州本、潭州本、金州本、毛鈔、錢鈔注「磽」字正作「磧」。段校、汪校、韓校、陳校、陸校、龐校、錢振常校同。馬校：「案：《廣韻》：『碣，柱下石。』張平子《西京賦》：『雕楹玉碣。』李善注曰：『《廣雅》：碣，磧也。碣與舄古字通。』何平叔《景福殿賦》『玉舄承跋』，字作『舄』。『磧』，局誤『磽』。案：《玉篇》：『礎，碣也』。『碣，磧也』。『磧，柱下石』。『磌，磧也』。四字義同。」

[四] 明州本、潭州本、金州本、毛鈔、錢鈔注「措皵」作「楷皵」。韓校、陳校、陸校、龐校、錢振常校同。方校：「案：『楷皵』譌『措皵』。據宋本正。又『木皮甲錯』四字係郭注。釋文：『楷，七各反。皵，謝音舄，郭音夕。』此『楷』音思積切，誤。」

[五] 余校作「蟒」。丁校據《爾雅》「蚸」作「蚚」。按：明州本、潭州本、金州本、毛鈔、錢鈔注「蚸」字作「蚚」。韓校、陳校、陸校、龐校、錢氏父子校同。方校：「案：『蚚』譌『蚸』，據宋本及《爾雅・釋蟲》正。」

[六] 明州本、錢鈔注「苦」字作「昔」。龐校、錢振常校同。陳校：「『苦』當作『昔』。」

[七] 明州本、錢鈔注「讀」字作「説」。龐校、錢振常校同。

[八] 陳校：「『虫』，《山海經》作『蟲』。」

[九] 明州本、毛鈔、錢鈔注「措」字作「猎」。余校、顧校、陸校、龐校、錢氏父子校同。方校：「案：『猎』譌『措』，據宋本及卷十七《大荒北經》正。」

[一〇] 陳校：「『艾』，《類篇》作『女』。」明州本、潭州本、金州本、錢鈔注「艾」字正作「女」。余校、韓校、龐校、錢氏父子校同。方校：「案：『女』譌『艾』，據宋本及《類篇》正。」

[一一] 明州本、潭州本、金州本、毛鈔、錢鈔「晢」字作「晳」。顧校、龐校、錢振常校同。陳校从「石」。方校：「案：『晳』下譌从右，據《宋本》及《周禮・秋官》正。」

[一二] 方校：「案：『晢』譌『晳』，據《周禮・地官・大司徒》正。」按：明州本、金州本、毛鈔、錢鈔「晳」字正作「晢」。余校、韓校、陳校、顧校、陸校、龐校、錢氏父子校同。

[一三] 明州本、毛鈔、錢鈔此字併注在「碣」下「蕮」上。韓校、陸校、龐校、莫校、錢振常校同。馬校：「此字併注宋本在『碣』

字下，局在思積切之末。按：《周官・草人》「鹹潟用貆」，鄭注曰：「潟，鹵也。」據鄭則「地」當爲「也」。宋本亦誤。「潟」古祗作「寫」。」

[一四] 明州本、錢鈔注「齊」字作「濟」。龐校、錢振常校同。按：《廣雅・釋詁四》：「嫧，齊也。」字作「齊」。

[一五] 明州本注「顆」字作「顒」。龐校、錢振常校同。錢鈔注「黷顆」作「黯顒」。《錫韻》倉歷切「黷」字注作「黷顆」。

[一六] 方校：「案：『莿』譌『莿』，注『茦』譌『策』，據二徐本正。」按：明州本、錢鈔「莿」字正作「莿」，注「策」作「茦」。龐校、錢振常校同。馬校：「『莿』，局誤『莿』；『策』當爲『茦』，宋亦誤。」

[一七] 潭州本、金州本注「敬」字作「苟」，缺筆。段校同。錢鈔作「刺」，誤。

[一八] 明州本、錢鈔「刺」字作「刺」。顧校同。

[一九] 方校：「案：『趚』譌从束，據《類篇》正。」按：明州本、錢鈔「趚」字作「趚」。顧校、錢振常校同。參見後資昔切「趚」字。

[二〇] 陳校：「『趚』，《玉篇》作『趚』，千尺切，倉卒也。」方校：「案：『怱』譌『忽』，據《類篇》正。」

[二一] 丁校據《類篇》作「衸」。方校：「案：『裌』譌『裌』，『膝』譌『膝』，『帬』譌『裙』，『衸』譌『衸』，竝據《類篇》正。」按：明州本、毛鈔、錢鈔「裌」字正作「裌」。龐校、錢振常校同。又明州本、毛鈔注「膝」字作「膝」。龐校、錢振常校同。又明州本、金州本、毛鈔、錢鈔注「衸」字作「衸」。余校、陸校、龐校、錢振常校同。馬校：「『裌』，局誤『裌』，注同。『衸』，局作『衸』，不成字。」

[二二] 余校：「按：『地北』二字疑誤。」董校、陸校同。顧校「地北」乙。馬校：「『北地』，局作『地北』，非。」方校：「案：當从《類篇》作『在北地』。《廣韻》夎『地』字亦誤。」

[二三] 《說文》見《石部》，注「渚」字作「陼」。按：明州本、錢鈔注「渚」字作「者」。

[二四] 方校：「案：『盨』譌『盨』，據《廣雅・釋蟲》正。又《廣雅》『蝢』作『蟦』。」按：明州本、金州本、毛鈔「盨」字正作「盨」。陳校、錢振常校同。

[二五] 方校：「案：『脊』譌『胥』，據《說文》正。」按：明州本、毛鈔「胥」字正作「脊」。陳校、顧校、龐校、錢校同。呂校：「宜作『脊』。」

[二六] 方校：「案：『穩』譌『穩』，據《類篇》正。」

[二七] 方校：「案：此係新修十九文之一，段本有。」

[二八] 呂校：「『作』宜作『从』。」方校：「案：『作』，《類篇》作『从』。」按：明州本、潭州本、金州本、毛鈔、錢鈔注「作」字正作「从」。陳校、龐校、錢氏父子校同。馬校：「局作『或作脊』，誤『从』爲『作』。」

[二九] 方校：「案：『濈』譌『濈』，據《廣韻》正。」

[三〇] 明州本、潭州本、金州本、毛鈔、錢鈔「積」字作「積」。又明州本、金州本、錢鈔注作「積」。顧校、龐校、錢氏父子校同。馬校：「『積』，局誤『積』。」

[三一] 明州本、錢鈔注「籍」字作「藉」。龐校、錢氏父子校同。馬校：「『藉』，局誤『籍』。」

[三二] 方校：「案：『鞴』譌『鞴』。『㢈』上譌加點，據《說文》正。又『㢈』譌『㢈』，據《顏氏家訓・書證》正，所謂『席下爲帶也』。」按：明州本注「鞴」字正作「鞴」。錢校同。又明州本、潭州本、金州本、毛鈔、錢鈔注「㢈」字正作「㢈」。陳校、陸校、龐校、錢氏父子校同。馬校：「『㢈』，局作『㢈』，有點。大字作『㢈』。」又明州本、潭州本、金州本、毛鈔、錢鈔注「㢈」字正作「㢈」。錢校同。馬校：「『㢈』，局作『㢈』，不成字。」

[三三] 毛鈔「卬」字作「邛」。馬校：「『邛』，局誤『卬』。」

[三四] 方校：「案：『畝』譌『畝』，據小徐本正。大徐本作『畝』。又《初學記・禮部》引此作『天子躬耕使民』云云。」

[三五] 方校：「案：『釋』入《釆部》，从釆，音辨。不从采。」

[三六] 馬校：「案：《詩・鄭風》：『舍命不渝。』《管子・小問篇》：『《詩》曰：澤命不愉。』『舍』即『釋』，『釋』即『澤』，古通。」

[三七] 《說文》見《米部》，大徐本「漬」字作「潰」。小徐本作「漬」。

［三八］　馬校：「案：《周頌》：『其耕釋釋。』或有作『釋釋』者，出三家。」

［三九］　陳校从「㕕」。吕校：「宜作『夾』，與从二人者異。」丁校據《説文》作「㚒」。按：明州本、潭州本、金州本、毛鈔、錢鈔注「㚐」字正作「㚒」。韓校、陳校、龐校、錢氏父子校同。吕校：「宜作『㚒』。」馬校：「『㚒』，局作『㚐』，不成字。」方校：「案：『夾』从大从兩入，宏農『陜』字从之，此譌从兩人。『竊』譌『竊』，『㚒』譌『㚐』，竝據宋本及《説文・大部》正。」

［四〇］　陳校：「『北』，《説文》作『此』。」

［四一］　明州本注「蓑」字作「蓑」。陳校、龐校、錢氏父子校同。毛鈔作「衺」。吕校：「宜作『蓑雨衣』三字。」

［四二］　方校：「案：《方言》十三注：『黯然，赤黑皃也。』」

［四三］　余校作「視」。陳校：「『普』當作『並』。」方校：「案：二徐本及《類篇》皆訓竝視。此注『眡』當作『眂』。」按：明州本、毛鈔、錢鈔注「眡」字正作「眂」。龐校、莫校、錢氏父子校同。

［四四］　丁校據《説文》「節」作「卻」，「脈」作「脈」。按：明州本、金州本、毛鈔、錢鈔注「節」字作「卻」，「脈」字作「脈」。余校、韓校、陳校、龐校、錢振常校同。又明州本、毛鈔、錢鈔注「切」字作「㓚」。余校、韓校、莫校同。方校：「案：『卻』譌『節』，『脈』譌『脈』，『㓚』譌『切』，據宋本及《説文》正。」

［四五］　明州本、潭州本、金州本、毛鈔、錢鈔注「卻」字作「郤」。余校、韓校、陳校、龐校、錢振常校同。按：《説文》作「卻」。

［四六］　方校：「案：《廣韻》引《説文》『屋』作『行』，非。」

［四七］　陳校：「『斥』，同『㡿』，當作『厈』。」方校：「案：『斥』當作『厈』。凡从『厈』者放此。『䟞』當作『䟞』。」按：明州本、潭州本、金州本、毛鈔、錢鈔「斥」字作「厈」。顧校、莫校同。下不重出。

［四八］　馬校：「『滷』古作『鹵』，不應音尺也。此踵《廣韻》之譌。」

［四九］　陳校：「『臭』作『臭』，从犬，獸名。《類篇》作『臭』，同『臭』，大白澤也，从大。《石鼓文》有『白臭』，即白澤歟？」方校：「案：『臭』譌『臭』，據《類篇》正。」按：毛鈔「臭」字正作「臭」。錢振常校同。

［五〇］　明州本、錢鈔注「蠖蟲」二字互倒。錢振常校同。龐校：「『蠖蟲』二字宋本倒。」

［五一］　明州本、潭州本、金州本、毛鈔、錢鈔注「撿」字作「檢」。陸校、錢振常校同。

［五二］　陳校：「『普』當作『並』。」

［五三］　明州本、毛鈔、錢鈔此字竝注在「跅」下「覎」上。龐校、錢振常校同。馬校：「此字併注宋本在『跅』下，局刻在昌石切之末。」方校：「案：宋本在『跅』下『覎』上。」

［五四］　明州本注「屋」字作「庢」。錢氏父子校同。潭州本、金州本、毛鈔注作「厔」。余校同。方校：「案：此注『盩厔』譌『盩屋』，據《説文》正。宋本『庢』从广，亦非。」

［五五］　方校：「案：『炙』、『鍊』譌『炙』、『鍊』，注『火』下奪『上』字，據《説文》補正。」按：明州本、毛鈔、錢鈔「炙」字正作「炙」。龐校同。又明州本、毛鈔、錢鈔「鍊」字作「鍊」。余校、陳校、龐校、錢氏父子校同。

［五六］　方校：「案：『基』譌从石，據《廣韻》正。」按：陳校「碁」字作「基」。龐校、錢校同。吕校：「宜作『基』。」

［五七］　明州本、錢鈔「蟅」字作「磠」。錢振常校同。誤。潭州本、金州本作「蟅」。

［五八］　明州本、毛鈔、錢鈔此字併注在「適」下「祏」上。龐校、錢振常校同。馬校：「此字併注宋本在『適』下，局刻在之石切之末。」方校：「案：宋本在『適』下『祏』上。」

［五九］　陳校：「『二十外』、『十六外』，二『外』字汲古閣《説文》並作『升』。」丁校據《説文》作「升」。按：明州本、毛鈔、錢鈔注「外」字並作「升」。余校、吕校、龐校、錢氏父子校同。馬校：「『升』，宋誤。局作『外』，又『升』之譌也。三『升』字皆當作『斗』。」方校：「案：『升』竝譌『外』，據宋本正。毛刻上二『升』字作『斤』，惟大半下作『升』，《類篇》竝作『升』。段氏校本均改爲『斗』。」

［六〇］　陳校：「『詹』，《山海經》作『瞻』。」方校：「案：『瞻』譌『詹』，據《山海經》五《中山經》正。《類篇》『澨』作『澍』，『詹諸』作『瞻渚』。」

［六一］　明州本、錢鈔「瓻」、「㼨」作「瓻」、「㼨」。龐校、錢振常校同。陳校作「瓻」。

〔六二〕錢振常校：「『椽』，胡黏。」

〔六三〕按：睡虎地秦墓竹簡《倉律》：「麥十斗爲麴三斗。」則此「斤」字當作「斗」。

〔六四〕潭州本、金州本、毛鈔注「芵」字作「芺」。段校、陳校、陸校、錢振常校同。馬校：「『芺』，局誤『芵』。」方校：「案：『芺』譌『芵』，據宋本及《廣雅・釋艸》正。」

〔六五〕馬校：「《漢書・百官公卿表》：『莽作朕虞。』顔曰：『莽，古益字。』《尚書撰異》曰：『案：即《説文》所載籀文。莽字同音假借爲益字。』《漢書》伯益字唯此一處作『莽』，餘不耳。蓋『莽』即『莽』之誤。」方校：「案：『莽』譌『莽』，據《説文》正。《漢書・百官公卿表》：『莽作朕虞。』師古曰：『莽，古益字也。』『脉』當从小徐本作『脈』。」

〔六六〕方校：「案：『肉』字模糊，據宋本及《儀禮・士虞禮》『取諸左膉』注定。」

〔六七〕陸校「辠」作「辠」。方校：「案：『辠』下譌从羊，據《類篇》正。《説文》『罣』作『罣』，『幸』作『㚔』。」

〔六八〕明州本、潭州本、金州本、毛鈔、錢鈔注「彤」字作「彤」。龐校、錢振常校同。

〔六九〕明州本、錢鈔注「襗」字作「繹」。錢振常校同。非是，當作「襗」，與正文合。

〔七〇〕明州本、錢鈔注「一曰門旁小門」之「一」字脱。錢振常校：「宋本無『一』字，空格。」按：潭州本、金州本有「一」字。
方校：「案：『液庭』見《前漢・王莽傳》，是『液』與『掖』通。」

〔七一〕方校：「案：《方言》三『僷』上有『奕或謂之』四字。」按：《方言》見第二，今郭注作「奕僷」。《紺珠集》、《御覽》卷三百八十一均引作「奕奕僷僷」，疑《方言》舊本作「奕奕僷僷」，丁氏所引尚是舊本《方言》。

〔七二〕明州本、錢鈔注「凡」字作「已」。錢振常校同。

〔七三〕方校：「案：『弈』譌『奕』，據《説文・𠬞部》正。『𠬞』，隸作『廾』。」按：明州本、潭州本、金州本、毛鈔、錢鈔注「奕」字正作「弈」。顧校、龐校、錢氏父子校同。

〔七四〕方校：「案：此係新坿字。」

〔七五〕丁校據《書》疏作「升」。按：明州本、毛鈔、錢鈔注「外」字作「升」。余校、汪校、韓校、陳校、顧校、陸校、龐校、錢氏父子校同。馬校：「『升』，局誤『外』。」方校：「案：『升』譌『外』，據宋本及《類篇》正。『潁』，當从新、舊《唐書》作『潁』。」潭州本、金州本作「外」。

〔七六〕段校：「脱『邳』字。」陸校同。馬校：「『下』字下當有『邳』字，宋亦誤，《類篇》同。」丁校據《説文》下增「邳」字。

〔七七〕明州本、錢鈔注「執」字作「軌」。錢校同。

〔七八〕明州本、毛鈔、錢鈔注「外」字作「升」。韓校、陳校、陸校、龐校、錢氏父子校同。段校：「脱『曰』字，蓋以『始以圛圛升雲』爲句。」馬校：「《尚書》下當有『曰』字，宋亦誤。『升』，局作『外』。」方校：「案：『外』係『升』字之譌，宋本不誤，二徐本及《類篇》竝與此同。《廣韻》引作『商書曰圛句圛者升雲半有半無』，當據正。《玉篇》『者』字在『升雲』下，亦非。今《洪範》『圛』作『驛』。」

〔七九〕明州本、潭州本、金州本、毛鈔、錢鈔注「米」字作「采」。陳校、陸校、龐校、錢氏父子校同。馬校：「『采』，局誤『米』。」

〔八〇〕明州本、毛鈔、錢鈔注「盡」字作「盡」。韓校、陸校、龐校、錢氏父子校同。韓校此字下有簽云：「《説文》作『盡』。」馬校：「『盡』，局作『盡』。」方校：「案：大徐本如此，小徐本『盡』作『津』。《文選・洞簫賦》注引同。《類篇》作『盡』，宋本作『盡』，段氏校本改『盡』。」

〔八一〕馬校：「『脈』，局作『脉』，『脈』、『脉』正俗字。」方校：「案：《説文》『脉』作『脈』，二徐本同。」

〔八二〕明州本、潭州本、金州本、毛鈔、錢鈔注「畞」字作「畒」。顧校、錢振常校同。

〔八三〕明州本、錢鈔注「戉」字作「咸」。錢振常校同。

〔八四〕陳校从「土」。方校：「案：『坄』譌从彳，據《説文・土部》正。」龐校、錢振常校同。

〔八五〕明州本、毛鈔、錢鈔注「炈」字作「役」。馬校：「注『役』字宋誤，局作『炈』。」龐校同。

〔八六〕丁校據《方言》作「苂」。按：明州本、潭州本、金州本、毛鈔、錢鈔注「芠」字正作「苂」。韓校、陳校、龐校、錢校同。呂校：「宜作『苂』。」馬校：「『苂』，局作『芠』，不成字。」方校：「案：『苂』譌『芠』，據宋本及《方言》三正。」

[八七]　方校：「案：『穜』譌从木，『椴』譌从禾，據大徐本正。小徐『穜樓』作『種椴』，非。」按：明州本、錢鈔注「橦」字作「穜」。龐校同。又龐校、錢校「稷」字作「椴」。馬校：「注『椴』，局誤『稷』。下刑狄切作『椴』。」

[八八]　方校：「案：『瞑』譌『瞑』，據《廣韻》正。」按：明州本、毛鈔、錢鈔「瞑」字正作「瞑」。陳校、龐校、錢氏父子校同。馬校：「『瞑』，局作『瞑』。」

[八九]　方校：「案：『犬』字斷爛不全，據《説文》、《類篇》補。」

[九〇]　明州本、錢鈔注「痳」字作「痳」。錢振常校同。非是。潭州本、金州本、毛鈔作「痳」。

[九一]　明州本、潭州本、金州本、毛鈔、錢鈔注「卯折」作「夘圻」。韓校、陳校、顧校、龐校、錢氏父子校同。馬校：「『夘圻』，局誤『卯折』。」方校：「案：『卯圻』譌『卯折』，據宋本及《禮・樂記》釋文正。」

[九二]　潭州本、金州本、毛鈔注「灰」字作「仄」。陳校、陸校、龐校、錢振常校同。明州本、錢鈔注作「庂」。方校：「案：『仄』譌『灰』，據宋本及小徐《説文》、《篇》、《韻》正。」

[九三]　馬校：「『皮』，局誤『反』。」方校：「案：『皮』譌『反』，據《莊子・養生主》釋文正。」

[九四]　明州本、毛鈔、錢鈔注「黍」字作「桼」。段校、陸校、龐校、錢氏父子校同。按：《類篇・巾部》作「髼」，與《説文》同。

[九五]　方校：「案：《字鑑》『辟』从辛、从卩、从口。俗作『辟』，或从尸，皆誤。」

[九六]　按：《説文》見《辟部》，引《周書》見《金縢》。段注改「治」爲「法」。

[九七]　方校：「案：《一切經音義》十六引《埤蒼》云：『鐴，土犂具也。』此與《廣韻》、《類篇》同。」

[九八]　陳校：「『名』，一作『身』。」按：《錫韻》必歷切「鼊」字注作「名」。

[九九]　方校：「案：『紟』譌『給』，據《類篇》正。」按：明州本、錢鈔注「給」字作「紟」。陳校、龐校、錢氏父子校同。

[一〇〇]　余校「匹」作「芳」。韓校同。

[一〇一]　明州本、潭州本、金州本、毛鈔、錢鈔注「灰」字作「仄」。龐校同。

[一〇二]　方校：「案：『撫』下奪『心』字，據《禮・檀弓》釋文及《廣韻》增。」

[一〇三]　陳校：「从𠭴，音攀，不从艸。」方校：「案：『鬦』中从𠭴，普班切，此从艸，誤。」

[一〇四]　方校：「案：《釋器下》『蠨』作『蟰』。」

[一〇五]　明州本、潭州本、金州本、毛鈔、錢鈔注「草」字作「革」。汪校、韓校、陸校、龐校、錢氏父子校同。方校：「案：『革』譌『草』，據宋本及本文正。」

[一〇六]　方校：「案：『睪』譌从臭，據《類篇》及本文正。」按：明州本、毛鈔、錢鈔注「睗」字正作「睪」。龐校、錢氏父子校同。

[一〇七]　方校：「案：『鵙』譌『鵙』，據二徐《説文》正。『鵙』即『鶪』本字也。」按：明州本、毛鈔、錢鈔『鵙』字正作『鵙』。陳校、龐校、錢氏父子校同。馬校：「『鵙』，局誤『鵙』。」

[一〇八]　明州本、潭州本、金州本、毛鈔、錢鈔注「劃」字作「劙」。錢振常校同。

[一〇九]　方校：「案：『趚』譌从束，據《類篇》正。」

[一一〇]　方校：「案：『褁』，當从《類篇》作『裹』。」按：明州本、錢鈔注「褁」字作「褁」。誤。段校作「裹」。馬校：「『裹』，局誤『褁』。」

[一一一]　明州本、潭州本、金州本注「虧」字作「虧」。錢振常校同。

[一一二]　明州本、金州本、毛鈔、錢鈔「旻」字作「旻」。韓校、顧校、龐校、錢氏父子校同。馬校：「『旻』，局作『旻』，非。」

[一一三]　方校：「案：『旻』譌『旻』，據宋本及《説文》正。又《類篇》『小』上有『目』字，今據補。」

[一一四]　方校：「案：『復』譌『復』，據《玉篇》正。又《類篇》『行』下有『皃』字。」按：明州本、潭州本、金州本、毛鈔、錢鈔「復」字正作「復」。韓校、顧校、龐校、錢氏父子校同。馬校：「『復』，局作『復』。」

[一一四]　段校「剌」作「刺」。

[一一五]　丁校據《正韻》改「絡」。按：明州本、潭州本、金州本、毛鈔、錢鈔注「終」字正作「絡」。韓校、陳校、陸校、龐校、錢氏父子校同。馬校：「『絡』，局誤『終』。」方校：「案：『絡』譌『終』，據宋本正。」

二十三錫

〔一〕明州本、毛鈔、錢鈔注「袒」字作「但」。錢振常校同。誤。潭州本、金州本作「袒」。與《説文》合。

〔二〕方校：「案：『晳』入《白部》，此下从日，誤。」按：明州本、錢鈔「晳」字正作「晳」。龐校、錢校同。

〔三〕方校：「案：注『折』譌『析』，據二徐本正。」

〔四〕明州本、錢鈔「㴟」字作「㴟」，注同。龐校、錢校同。

〔五〕方校：「案：『汱米』譌『汱釆』，據二徐本正。」按：明州本、潭州本、金州本、毛鈔、錢鈔注「釆」字正作「米」。余校、韓校、陳校、陸校、龐校、錢氏父子校同。馬校：「『汱』當爲『汏』，宋亦誤。『米』，局作『釆』。」

〔六〕丁校據《廣雅》作「𤎅」。方校：「案：『𤎅』譌从火，據《廣雅·釋詁一》正。」按：明州本、金州本、錢鈔注「𤎅」字正作「𤎅」。龐校、錢氏父子校同。

〔七〕明州本、金州本注「蓂」字作「萸」。龐校、錢氏父子校同。

〔八〕方校：「案：『大』譌『木』，據《爾雅·釋艸》正。」按：明州本、錢鈔注「木」字正作「大」。陸校、龐校、錢校同。馬校：「『木』當爲『大』，宋亦誤。」

〔九〕丁校據《廣韻》作「蚩」。按：明州本、潭州本、金州本、毛鈔、錢鈔注「肥」字正作「蚩」。韓校、陳校、顧校、陸校、龐校、錢氏父子校同。馬校：「『蚩』，局作『肥』。」方校：「案：『蚩』譌『肥』，據宋本及《廣雅·釋蟲》正。又《廣雅》『蝍』作『蠀』。」

〔一〇〕陳校：「『霹』入《麥韻》，山責切。」

〔一一〕段校：「冥狄切作『脈蜴』。」馬校同。陸校「脈」作「脈」。

〔一二〕方校：「案：『戚』从戉，此从『戊己』之『戊』，誤。」

〔一三〕陳校：「『四』字上加『禮昏鼓』三字。」方校：「案：『四通』上奪『也禮昏鼓』四字，據小徐本補，大徐『昏』作『昬』。又『鼜』譌『鼕』，據本文正。」按：毛鈔注「鼕」字正作「鼜」。陳校、丁校、龐校、錢氏父子校同。馬校：「『鼜』，局作『鼕』。」

〔一四〕明州本、毛鈔、錢鈔注「次」字作「攻」。錢氏父子校同。段校作「次」。馬校：「『攻』，宋誤。局作『次』。」

〔一五〕明州本、毛鈔、錢鈔注「功」字作「切」。錢氏父子校同。又明州本、潭州本、金州本、毛鈔、錢鈔注「名」字作「也」。汪校、韓校、陳校、龐校、錢振常校同。馬校：「『切也』二字局作『功名』，誤。《類篇》作『功也』，當據以訂正。」方校：「案：『也』譌『名』，據宋本及《一切經音義》四引《聲類》正。」

〔一六〕明州本、錢鈔注「樫」字作「樫」。龐校、錢振常校同。誤。潭州本、金州本、毛鈔作「樫」。與《廣雅·釋木》合。

〔一七〕明州本、潭州本、金州本、毛鈔、錢鈔「鶮」字作「鶴」，注同。顧校、龐校、錢振常校同。馬校：「『鶴』，局誤『鶮』，注同。」

〔一八〕明州本、錢鈔無注「誺」字。龐校：「無『誺』字。」按：潭州本、金州本、毛鈔有。正文有「誺」字，注文亦當有。

〔一九〕潭州本、金州本、毛鈔注「坦」字作「垣」。余校、韓校、陳校、錢校同。馬校：「『垣』，局誤『坦』。」方校：「案：『垣』譌『坦』，據宋本及二徐本正。」明州本作「坦」，錢鈔作「坦」，誤。

〔二〇〕明州本、錢鈔注「牆」字作「牆」。龐校、錢振常校同。

〔二一〕董校：「《廣韻》『鼊』注：『鼀鼊，似龜而漫胡無指爪。』此注『鼃』當『鼀』之誤。」按：裴務齊韻書殘卷作「鼀」。

〔二二〕明州本、潭州本、金州本、毛鈔、錢鈔注「喙」字作「喙」。錢振常校同。

〔二三〕方校：「案：『㸿』譌从折，據《廣雅·釋詁三》正。」

〔二四〕明州本、毛鈔、錢鈔此字併注在「辦」下「䈂」上。段校、陸校、龐校、錢振常校同。馬校：「此字併注宋本在『辦』字下，局在必歷切之末。」方校：「案：宋本在『辦』下『䈂』上。」韓校「耳」作「牛」，云：「疑誤。」

[二五] 明州本、潭州本、金州本、毛鈔、錢鈔注「急」字作「急」。

[二六] 明州本、錢鈔注「牽」字作「牽」。龐校同。

[二七] 丁校據《説文》改从瓦。按：明州本、潭州本、金州本、毛鈔、錢鈔注「甓」字作「甓」。余校、段校、韓校、陳校、陸校、龐校、錢氏父子校同。馬校：「『甓』，局誤『甓』。」方校：「案：『甓』譌『甓』，據宋本及大徐《説文》正。小徐本『甓』作『甂』，《韻會》同。段氏校本作『令適』。」

[二八] 方校：「案：『蓑』譌『蓑』，據小徐本正。大徐作『衰』。『藨』，大徐同，段氏依小徐作『歷』。又二本竝無『艸名』二字。」按：潭州本、金州本、毛鈔注「蓑」字作「蓑」。明州本、錢鈔注作「衰」。錢振常校同。陳校、顧校作「蓑」。

[二九] 明州本、錢鈔注「臍」字作「脐」。龐校、錢氏父子校同。與《類篇》合。

[三〇] 明州本、潭州本、金州本、毛鈔、錢鈔注「或」字作「亦」。龐校同。

[三一] 方校：「案：『綼』譌『裨』，據《類篇》及《儀禮・既夕》『縓綼緆』注正。《玉篇》『綼』注『在』作『左』。考鄭注『飾裳在幅曰綼，在下曰緆』，則作『左』非是。」按：明州本、錢鈔「裨」字作「綼」。龐校、錢氏父子校同。「絲」字當作「絲」。

[三二] 方校：「案：『糾』當从《類篇》作『糾』。」按：明州本、潭州本、金州本、毛鈔、錢鈔注「糾」字正作「糾」。陳校、顧校、龐校、錢振常校同。

[三三] 明州本、毛鈔、錢鈔注「莫」字作「冥」。段校、韓校、陸校、龐校、錢氏父子校同。方校：「案：莫狄，《類篇》同，宋本『莫』作『冥』。」馬校：「『冥』，局誤『莫』。」按：「莫」、「冥」同在明紐，不當云誤。

[三四] 明州本、潭州本、金州本、毛鈔、錢鈔注「覓」字作「覔」。段校、龐校、錢氏父子校同。馬校：「『覔』，局誤『覓』。」

[三五] 方校：「案：此與下『覭』、『幎』、『複』、『篔』、『蓂』、『塓』、『幎』、『醎』、『熐』、『溟』等字竝譌从冥，今正。」

[三六] 丁校據《説文韻譜》改作「鍇」。按：明州本、潭州本、金州本、毛鈔、錢鈔注「鉛」字作「鍇」。余校、韓校、陸校、龐校、錢氏父子校同。馬校：「『鍇』，局誤『鉛』。」方校：「案：『鍇』譌『鉛』，據宋本及《説文韻譜》正。」

[三七] 明州本、錢鈔注「荆」字作「井」。龐校、錢氏父子校同。

[三八] 毛鈔「幎」字作「幎」，注同。陳校、錢振常校同。龐校：「『冥』並作『冥』。」

[三九] 丁校據《説文》作「㡘」。方校：「案：『㡘』譌『㡘』，『犬』譌『大』，汲古本同，據小徐本正。《周禮・春官・巾車》文云：『木車、素車皆犬複，駹車然複。』然，獸名，果然也。此許氏一時筆誤。」按：明州本「㡘」字作「㡘」。龐校、錢校同。馬校：「『㡘』，局作『㡘』，皆不成字，當从髟、桼。」又明州本、錢鈔注「大」字作「犬」。馬校：「『犬』，局誤『大』。」

[四〇] 丁校據《爾雅》作「蓂」。方校：「案：『蓂』譌『菥』，據《釋艸》正。」按：明州本、毛鈔、錢鈔注「菥」字正作「蓂」。陳校、陸校、龐校、錢校同。馬校：「『蓂』，局誤『菥』。」

[四一] 潭州本、金州本、毛鈔「汨」字作「汩」，注同。龐校、錢振常校同。陳校：「『汩』，又作『𣵿』，同。《廣韻》作『㵐』，从買，誤。」明州本、錢鈔作「涓」，注作「泊」，亦誤。

[四二] 方校：「案：『冥』譌『冟』，據《類篇》正。」按：明州本、毛鈔、錢鈔注「冟」字正作「冥」。陸校、龐校、錢氏父子校同。

[四三] 馬校：「『冥』，局誤『冟』。」

[四四] 陸校作「鞕」。馬校：「『鞕』當爲『鞕』，宋人避諱字也，宋亦誤。」方校：「案：『幭』譌『幭』，『鞕』譌『鞕』，據《類篇》正。」

[四五] 按：《博雅》見《釋詁二》。王氏疏證：「幎者，廣覆之意。《淮南子・原道訓》：『舒之幎於六合。』高誘注云：『幎，覆也，言滿天地間也。』《集韻》引《廣雅》作『幎』，即『幎』之譌也。」

[四六] 馬校：「『冥氏見《秋官》，釋文莫歷反，《廣韻》不收，收平聲《青韻》。」

[四七] 陳校：「『脈』，見上，誤。今改从見。此字當从月，《方言》作『脈』。又見前『蝪』字注。」

[四八] 明州本、毛鈔、錢鈔注「旡」字作「无」。段校、龐校、錢氏父子校同。馬校：「局作『旡』，俗。」

[四九] 方校：「案：『的』譌从白，據《説文・日部》正。」按：金州本注「的」字作「旳」。段校、龐校同。馬校：「『的』當爲『旳』，从日不从白，宋亦誤。」某氏校：「凡从『勺』者中『一』。」

方校：「案：《廣雅・釋詁二》訓怒者無『汋』字，後解亦見《釋詁二》，曹憲音灼，又《釋詁一》『汋』訓驚，音同。」按：明州本、錢鈔「怒」字作「忞」。龐校、錢振常校同。

［五〇］明州本、錢鈔注「瓅」字作「礫」。龐校、錢振常校同。

［五一］明州本、錢鈔注「磓」字作「磓」。龐校、錢振常校同。

［五二］毛鈔注「准」字作「準」。顧校、龐校同。馬校：「『準』，局作『准』。」明州本、錢鈔注「准」字作「雅」，誤。

［五三］段校：「今本無引《詩》。」馬校：「案：今本《説文》無『引《詩》舍爾介逖』六字。」方校：「案：引《詩》二徐本竝無，豈近刻誤奪耶？當據此及《類篇》補許書之闕。」

［五四］某氏校：「《説文》『啇』从啻，凡偏旁从『啇』者放此。」

［五五］方校：「案：『赦』譌『敊』，據《類篇》正。又《類篇》『人』作『兒』，『兒』作『也』。」按：明州本、潭州本、金州本、毛鈔、錢鈔注「敊」字正作「赦」。陳校、丁校、龐校、錢氏父子校同。

［五六］馬校：「『从』下宋本空，局刻有『辵』字。」按：明州本、潭州本、金州本、毛鈔、錢鈔注有「辵」，不知馬氏所據爲何本。

［五七］明州本、錢鈔注「趺」字作「吹」。錢振常校同。誤。潭州本、金州本、毛鈔作「趺」。

［五八］明州本、錢鈔注「遥」字作「遙」。錢振常校同。

［五九］方校：「案：『苖』譌『苗』，據《爾雅・釋艸》音義正。汲古本亦誤。」按：明州本、潭州本、金州本、毛鈔、錢鈔「苗」字正作「苖」。陳校、龐校、錢校同。馬校：「『苖』，局誤从田，注同。」

［六〇］陳校从「弟」。丁校據《説文》作「鬀」。方校：「案：『鬀』譌『鬀』，據二徐本正。」按：明州本、毛鈔、錢鈔注「鬀」字正作「鬀」。余校、段校、韓校、陸校、龐校、錢振常校同。馬校：「『鬀』當爲『鬀』。宋亦誤。《類篇》正作『鬀』。」蒙所見毛鈔作「鬀」，不誤。

［六一］方校：「案：『犬』譌『大』，據二徐本正。」按：潭州本、金州本、毛鈔注「大」字正作「犬」。余校、韓校、陳校、顧校、陸校、丁校、龐校、錢校同。馬校：「『犬』，局誤『大』。」

［六二］段校：「脱『亭』字。」陸校同。馬校：「『陵』下當有『亭』字，宋本亦脱。」

［六三］明州本、潭州本、金州本、毛鈔、錢鈔注「水土」作「土水」。汪校、韓校、龐校、錢振常校同。馬校：「『土水』，局作『水土』。」

［六四］方校：「案：『霳』譌『霳』，據《廣雅・釋訓》正。」按：潭州本、金州本、毛鈔「霳」字正作「霳」。錢振常校同。

［六五］明州本、毛鈔、錢鈔無注「羌笛」二字。韓校、錢振常校同。龐校：「『笛』下無『羌笛』二字。」馬校：「局刻『笛』下衍『羌笛』二字。」方校：「案：『笛』下『羌笛』二字衍，今據宋本删。下『篴』字當連書。」

［六六］方校：「案：『蔐』字斷爛，據宋本及《類篇》定。」按：顧氏重修本已正。

［六七］明州本、錢鈔「苗」字作「苖」。錢振常校同。

［六八］方校：「案：注文斷爛，據宋本及《類篇》定。」按：顧氏重修本已正。

［六九］明州本、毛鈔、錢鈔注「梠」字作「梠」。龐校、錢氏父子校同。

［七〇］明州本、毛鈔、錢鈔注「絲」字作「絲」。

［七一］方校：「案：『雄』字斷爛，據《廣雅・釋獸》定。」按：顧氏重修本已正。

［七二］明州本、錢鈔注「犬」字作「豕」。龐校、錢振常校同。誤。潭州本、金州本、毛鈔作「犬」。與正文同，不誤。

［七三］陳校作「綠」。方校：「案：『綠』譌『緣』，《類篇》同，據《廣韻》正。」

［七四］方校：「案：《方言》六『擾』作『攖』。『攖』，古『擾』字。」

［七五］方校：「案：『虔』譌『度』，據《前漢・韓延壽傳》注正。」按：明州本、潭州本、金州本、毛鈔、錢鈔注「度」字作「虔」。余校、段校、韓校、陳校、龐校、錢氏父子校同。馬校：「『度』當作『虔』，局誤作『度』。」

［七六］明州本、金州本、毛鈔、錢鈔注「梡」字作「橈」。段校、韓校、陳校、陸校、錢校同。董校：「『橈』，原本係『梡』。」又明州本、潭州本、金州本、毛鈔、錢鈔注「枎」字作「枝」。段校、汪校、韓校、陳校、陸校、龐校、錢校同。馬校：「局『橈』誤『梡』，『枝』誤『枎』。」方校：「案：『橈』譌『梡』，『枝』譌『枎』，據宋本及《類篇》正。」

［七七］方校：「案：此幅正文『厤』、『靂』、『嚦』、『曆』、『寥』、『磿』等字及『瞜』注『目𥈞視』之『𥈞』，『𨗿』注《説文》下『動也』

二字，『或作』下『蹀』字，『䂽』注『劃也』二字，『磔』注《説文》『小石』下『也』字，『一曰石皃』下『或』字，『𥗪』注『的𥗪』下『白』字，竝據宋本及《類篇》定。」

［七八］明州本、潭州本、金州本、毛鈔、錢鈔「𡽳」字作「𡾊」。龐校同。

［七九］方校：「案：此係新坿字。」

［八〇］段校「𩙥」作「𩙣」。陸校同。馬校：「『𩙥』當从析，宋亦誤。」

［八一］方校：「案：『腣』譌『脤』，據《篇》、《韻》正。」按：明州本、錢鈔注「脤」字正作「腣」。龐校、錢氏父子校同。

［八二］潭州本、金州本「䁤」字作「曬」，注同。又明州本、錢鈔注下「曬」字作「䁥」。陳校、錢振常校同。

［八三］陳校：「『𧾷歷』，《類篇》作『𧼛』。𧼛趚，行皃。」

［八四］陳校：「『𧘂』，《廣韻》作『𧘂』，《類篇》作『𧘂』，《玉篇》作『𧚄』。」方校：「案：『𧘂』譌『𧘂』，『纏』譌『纒』，據《類篇》正。」按：明州本、潭州本、金州本、毛鈔、錢鈔「𧘂」字作「𧘂」。龐校、錢振常校同。汪校改从「屮」。

［八五］方校：「案：『礰』譌从口，據本文正。」按：明州本、潭州本、金州本、毛鈔、錢鈔注「嚦」字正作「礰」。馬校：「案：《周官》遂大夫及窆抱磿。鄭司農云：『抱磿，磿下車也。』玄謂磿者適歷執綍者名也。劉昌宗音歷，其字从厤聲。今《周禮》譌爲『磨』，大謬。或作『礰』。左思《蜀都賦》：『鬼彈飛丸以礌礰。』」

［八六］陳校：「『鬲』作『鬲』，同。」

［八七］段校「𩱧」作「𩱨」。馬校：「『𩱧』當爲『𩱨』，宋亦誤。」

［八八］明州本、毛鈔、錢鈔注「屬」下有「也」字。韓校、龐校、錢氏父子校同。馬校：「局刻無『也』字。」董校：「『也』字疑有誤。」方校：「案：『屬』下宋本有『也』字，與小徐本同。『毄』當作『𣪠』，《經籍籑詁》引作『𣂡』，非。《説文》無『𣂡』字。」

［八九］方校：「案：『歷』上已見，此當从《類篇》作『壢』。省『止』不省『土』也。」按：明州本、毛鈔、錢鈔「歷」字正作「壢」。龐校、錢氏父子校同。陳校从「土」。

［九〇］明州本、潭州本、金州本、毛鈔、錢鈔「𧀩」字作「𧁋」。陳校、丁校、龐校、錢氏父子校同。方校：「案：正文下『𧁋』譌『𧀩』，據宋本及《類篇》正。」

［九一］明州本、毛鈔、錢鈔注「櫟」字作「擽」。顧校、陸校、龐校同。馬校：「『擽』局从木，誤。」

［九二］顧校「㭘」作「柙」。陸校同。馬校：「『㭘』當爲『柙』，宋亦誤，《類篇》作『柙』，同。」方校：「案：『指』，二徐本同，《類篇》作『栺』，段本改『柙指』爲『柙栺』。」

［九三］明州本、錢鈔「曟」字作「曟」。龐校同。陳校：「『曟』从冃，『冃』音冒。」

［九四］顧校「曰」作「冃」。陸校同。

［九五］方校：「案：《釋魚》：『鯿，鰅也』。『鯙，魟也』。各本『鰅』下奪『也』字，遂與下文合爲一條。今觀此及《類篇》，則其誤久矣。」按：王氏《廣雅疏證》已早言之。

［九六］方校：「案：『蚸』譌『蚚』，據《爾雅・釋蟲》改。《廣韻》作『螃』。」

［九七］方校：「案：『靂』譌『靂』，據《類篇》正。正文『霖』與注文『霖』互譌，《類篇》亦誤。」按：明州本、潭州本、金州本、錢鈔「靂」字正作「靂」。陳校、顧校、龐校同。又明州本、毛鈔、錢鈔「霖」正字作「霖」，注「霖」字作「霖」。陳校、顧校、龐校、錢校同。馬校：「局刻大字作『靂』、『霖』，注『霖』作『霖』，皆誤。」

［九八］明州本、毛鈔、錢鈔注「蝷」字作「蝷」。韓校、陳校、陸校、龐校、錢氏父子校同。馬校：「『蝷』，局誤『蝷』。」董校：「疑當作『蝷』。」方校：「案：『蝷』譌『蝷』，據宋本正。」

［九九］余校作「鬩」。陳校：「『鬩』从門，从門非。」某氏校：「『鬩』譌从門，據《類篇》改，《類篇・門部》亦誤收。」

［一〇〇］明州本、錢鈔注「油」字作「由」。龐校、錢氏父子校同。

［一〇一］明州本、毛鈔、錢鈔注「軌」字作「軌」。龐校、錢振常校同。

［一〇二］明州本、錢鈔注「釜」字作「金」。錢振常校同。誤。《漢書・楚元王傳》作「釜」，不誤。

［一〇三］方校：「案：《廣雅・釋詁四》只作『寥』。」

[一〇四] 方校：「案：『䁥』譌从目，據《類篇》正。」按：明州本、潭州本、金州本、毛鈔、錢鈔「䁥」字正作「曆」。陳校、龐校、錢氏父子校同。馬校：「『䁥』，局誤从目。」

[一〇五] 方校：「案：『𪎭』譌『𪎮』，『爪』譌『瓜』，據《類篇》正。」按：明州本、潭州本、金州本、毛鈔、錢鈔「𪎮」字作「𪎭」，注「瓜」字正作「爪」。余校、陳校、顧校、陸校、龐校、錢氏父子校同。馬校：「局『𪎭』誤『𪎮』，『爪』誤『瓜』。」

[一〇六] 方校：「案：『𪎭』當从《類篇・小部》作『𪎭』。」按：明州本、潭州本、金州本、毛鈔、錢鈔「𪎭」字正作「𪎭」，注同。段校、陳校、龐校、錢氏父子校同。馬校：「『𪎭』，局作『𪎭』，注同。」

[一〇七] 陳校：「『殿』，《類篇》作『殿』。」

[一〇八] 方校：「案：『椴』，小徐同，大徐作『樓』，段从大徐。」按：方氏所指爲注文「椴」字。

[一〇九] 明州本、錢鈔注「穜」字作「種」。龐校、錢振常校同。

[一一〇] 明州本、錢鈔注「矜」字作「衿」。段校、韓校、陸校、龐校、錢氏父子校同。馬校：「『衿』，局作『矜』。」

[一一一] 丁校據《說文》「秋」字作「杖」。按：明州本、潭州本、金州本、毛鈔、錢鈔注「秋」字正作「杖」。韓校、陳校、龐校、錢氏父子校同。馬校：「『杖』，局誤『秋』。」方校：「案：『杖耑』譌『秋端』，據宋本及二徐本正。」

[一一二] 潭州本、金州本「覞」字作「覞」。顧校、龐校同。明州本作「覞」，錢鈔作「覡」。誤。

[一一三] 方校：「案：『鬩』在三篇《門部》，不从門，此蓋誤於《玉篇》，今作門同之說也。」按：明州本、毛鈔、錢鈔「閲」字作「鬩」，注同。陳校、顧校、陸校、龐校、錢氏父子校同。馬校：「『鬩』从鬥。局从門，誤。注同。」

[一一四] 方校：「案：『恆』譌『熉』，據二徐本正。」按：明州本、毛鈔、錢鈔注「熉」字作「恒」，缺筆。余校、龐校、錢氏父子校同。

[一一五] 明州本、毛鈔、錢鈔注「門」字作「鬥」。陸校、龐校、錢振常校同。

[一一六] 方校：「案：『赦』譌『赦』，據《類篇》及本文正。」按：明州本、毛鈔、錢鈔注「赦」字正作「赦」。汪校、陳校、顧校、丁校、龐校、錢氏父子校同。馬校：「『赦』，局誤『赦』。」

[一一七] 陳校：「《玉篇》、《廣韻》並作『欶』，按：从兒、欠。」陸校：「『歗』作『欶』。」馬校：「《廣韻》作『欶』。」方校：「『欶』譌『歗』，據《篇》、《韻》正。」

[一一八] 方校：「案：『㵎沭』譌『㵎沐』，據《廣雅・釋訓》正。」按：明州本、毛鈔、錢鈔「㵎」字正作「㵎」。陳校、顧校、陸校、龐校、錢氏父子校同。馬校：「『㵎』，局誤『㵎』。」

[一一九] 方校：「案：『𣫶』譌『𣫶』，『笑』譌『皃』，據《說文》正。小徐本無『聲』字，此从大徐。」

[一二〇] 陸校云「小」下脱「笑」字。馬校：「『小』下當有『笑』字。」

[一二一] 顧校「㦨」作「㦨」，注同。陸校、馬校同。方校：「案：『㦨㦨』，赤紙。見《玉篇》『㦨』注。惟《玉篇》『㦨』亦譌『㦨』耳。此『㦨』作『㦨』，『赤』作『亦』，非是。」按：明州本、錢鈔注「㦨」字正作「㦨」。陳校、陸校、龐校、錢校同。又明州本、潭州本、金州本、毛鈔、錢鈔注「亦」字作「赤」。余校、陳校、陸校、龐校、錢氏父子校同。馬校：「『㦨』作『㦨』，『㦨』作『㦨』，『赤』作『亦』，局刻皆誤。」

[一二二] 方校：「案：『㑅』譌『㑅』，據《類篇》及本文正。」按：明州本、潭州本、金州本、毛鈔、錢鈔注「㑅」字正作「㑅」。陳校、龐校、錢氏父子校同。

[一二三] 馬校：「『㦨』當作『㦨』，宋亦誤。」

[一二四] 方校：「案：此係新坿字。」鄭珍《說文新坿考》：「《說文》：『齧，噬也。』即『喫』本字。从口猶从齒，契聲與㓞聲一也。唐人詩始見此字。蓋六朝以降俗體。」

[一二五] 陳校：「《廣韻》作『愸』，義同。」方校：「案：《廣韻》作『愸』，音義同。似彼文誤。」

[一二六] 明州本注「㫄」字作「㫄」，潭州本作「㫄」，金州本作「㫄」，毛鈔作「旁」，錢鈔缺脱。

[一二七] 丁校《廣雅》作「曝」。方校：「案：『曝』係『曝』字之譌。王本《廣雅・釋詁二》訓乾，《經籍纂詁》引同。」按：明州本、潭州本、金州本、毛鈔、錢鈔注「曝」字正作「曝」。韓校、陳校、陸校、龐校、錢氏父子校同。馬校：「『曝』，局誤『曝』。」

［一二八］明州本、錢鈔注「笭」字作「苓」。龐校、錢振常校同。按：依《禮記・玉藻》鄭注字當作「苓」。

［一二九］陳校「洸」作「絖」。按：明州本、潭州本、金州本、毛鈔、錢鈔注「洸」字正作「絖」。龐校、錢振常校同。

［一三〇］毛鈔注「執」字作「軌」。龐校同。

［一三一］方校：「案：『礙』上奪『水』字，據二徐本補。小徐本『衺』譌也。」

［一三二］明州本注「衺」字作「衷」。龐校同。錢鈔作「衷」，誤。又明州本、錢鈔注「裏」字作「裏」。龐校同。

［一三三］明州本、錢鈔注「陀」字作「阬」。龐校同。

［一三四］馬校：「敫聲古音在夊韻。鄭司農《考工記》注『茭讀激發之激』，漢人尚讀平聲。如『徼』、『礉』、『邀』之類，釋文古歷反，凡講韻家皆讀入聲矣。《廣韻》古歷切，此吉歷切，『吉』字誤。」按：古、吉同在見紐，似不當云誤。

［一三五］馬校：「《廣韻》同。段氏校云：『敫』字當作『歔』。注作『歌』。《說文・欠部》：『歔，所歌也。讀若噭呼。』『所歌』當作『楚歌』。《上林賦》：『激楚結風。』『激楚』當作『歔楚』，古亦讀歔如激。《玉篇》公的切。」

［一三六］方校：「案：『烏』譌『鳥』，據《爾雅・釋鳥》郭注正。」按：明州本、毛鈔、錢鈔注「鳥」字正作「烏」。陳校、陸校、龐校同。馬校：「『烏』，局作『鳥』。」

［一三七］方校：「案：『六』譌『文』，據《說文》正。又《說文》『鶂』作『鵙』，『退』作『逷』。」按：明州本、潭州本、金州本、毛鈔、錢鈔注「文」字正作「六」。余校、段校、陳校、陸校、龐校、錢氏父子校同。馬校：「『六』，局誤『文』。」

［一三八］明州本、毛鈔、錢鈔「鶃」字作「鷊」，注同。段校、陳校、陸校、龐校、錢氏父子校同。龐校：「从『臭』之字皆同。」明州本、毛鈔、錢鈔注「言」字作「旨」。方校：「案：『旨鷊』譌『言鶃』，據二徐本正。」

［一三九］明州本、金州本、毛鈔、錢鈔注「池」字作「地」。余校、韓校、陸校、龐校、錢氏父子校同。馬校：「『地』，局誤『池』。」方校：「案：『地』譌『池』，據宋本及二徐本正。」

［一四〇］方校：「案：『鬩』譌『鬩』，『臭』譌『臭』，據《類篇》、《韻會》正。」按：明州本、毛鈔、錢鈔注「臭」字正作「臭」。韓校、陳校、龐校、錢氏父子校同。

［一四一］方校：「案：『扃』譌『局』，據《類篇》、《韻會》正。」

［一四二］方校：「案：『鼳』，邵本同，毛本作『鼰』，誤。此注『身』上奪『鼠』字，『有』下奪『鼳鼠』二字，據《爾雅》郭注補。」

［一四三］明州本、潭州本、金州本、毛鈔、錢鈔「俁」字作「俁」。龐校同。

［一四四］陳校从「吉」。方校：「案：『黠』譌『點』，據《廣韻》正。」

［一四五］明州本、毛鈔、錢鈔注「臭」字作「臭」。龐校、錢校同。

［一四六］明州本、毛鈔、錢鈔注「魚」字作「漁」。陳校、陸校、龐校、錢氏父子校同。馬校：「『漁』，局誤『魚』。」方校：「案：『漁』譌『魚』，據《漢書・地理志》正。」

［一四七］明州本、錢鈔注「町」字作「町」。龐校、錢振常校同。據《漢書・地理志》作「町」。潭州本、金州本、毛鈔作「町」。

［一四八］明州本、毛鈔、錢鈔注「鉛」字作「鉛」。馬校：「『鉛』，局作『鉛』。」

［一四九］明州本、潭州本、金州本、毛鈔、錢鈔「棟」字作「棟」，明州本、毛鈔、錢鈔注同。陳校、顧校、龐校、錢振常校同。馬校：「『棟』，局誤『棟』，注同。」

［一五〇］方校：「案：『況』譌『泥』。據《莊子・列禦寇》釋文正。『面』，當作『面』。」按：明州本、金州本、錢鈔注「泥」字正作「況」。陳校、龐校、錢氏父子校同。潭州本、毛鈔作「泥」，誤。馬校：「『面』，局作『面』，俗。」

［一五一］明州本、金州本、毛鈔、錢鈔注「走」字作「老」。陳校、龐校、錢氏父子校同。

二十四職

［一］丁校據《說文》「說」作「記」。方校：「案：『記微』譌『說微』，據二徐本正。」按：明州本、潭州本、金州本、毛鈔、錢鈔注「說」字正作「記」。汪校、陳校、顧校、陸校、龐校、錢氏父子校同。馬校：「『記』，局作『說』。」

［二］馬校：「案：『戠』字見《書》。」

［三］段校「䵝」作「戴」。馬校：「『戴』，局作『䵣』，誤。大字作『戴』。」方校：「案：『䵝』譌『戴』，注又譌『䵣』，據《類篇》、《韻會》正。」

［四］馬校：「『浪』下宋空格，局有『挐』字。」按：明州本、潭州本、金州本、毛鈔、錢鈔注有「挐」字，無空格。

［五］馬校：「案：《鄉射記》：『鳶脯五膱。』注云：『膱猶脡也。』《鄉飲酒記》：『鳶脯五脡。』注云：『脡猶膱也。』張淳、葉林宗所據《釋文》『膱』、『脡』皆从木旁，則丁所據肉旁已从譌本，《玉篇》、《廣韻》此字皆誤。」

［六］方校：「案：『寸』上奪『二』字，據《廣韻》增。」

［七］馬校：「《考工記》：『摶埴之工。』賈疏引《尚書》『厥土赤埴墳』，注云：『黏土。』此本孔傳也，鄭本作『戠』。」

［八］明州本、潭州本、金州本、毛鈔、錢鈔注「㪾」字作「㪷」。段校、韓校、陳校、龐校、錢氏父子校同。馬校：「『㪷』，局誤『㪾』。」方校：「案：『㪷』譌『㪾』，據宋本及《説文·巾部》正。《類篇》譌『刷』。」

［九］陳校：「『餝』，《五音集韻》作『飭』。」

［一〇］方校：「案：『織』字模糊，據宋本及《類篇》正。」按：顧氏重修本已正。

［一一］陳校：「『㲄』，《類篇》作『㚇』，又見《昔韻》施隻切，同『夾』。」方校：「案：此即『夾』字異文，當作『㲄』。」

［一二］龐校：「注『䕸』，宋本、《類篇》並同，似應从言。」

［一三］明州本、毛鈔、錢鈔注「㭞」字作「楓」。余校、段校、韓校、陳校、陸校、龐校、錢振常校同。馬校：「『楓』，局作『㭞』，不成字。」方校：「案：『楓』譌『㭞』，據宋本及《類篇》、《韻會》正。」

［一四］陳校：「『禃』，《五音集韻》作『惪』，从心。」

［一五］明州本、毛鈔、錢鈔「飠」字作「飾」。顧校、龐校、錢振常校同。

［一六］方校：「案：『札』譌『礼』，據《類篇》、《韻會》正。」按：明州本、潭州本、金州本、毛鈔、錢鈔注「礼」字正作「札」。余校、汪校、韓校、陳校、陸校、龐校、錢氏父子校同。馬校：「『札』，局誤『礼』。案：昭二十五年《公羊傳》：『以人爲菑。』何注曰：『今大學辟雍作側字。』蓋『菑』者『側』之借字，古聲同。『側』下應補『菑』字。鄭司農《考工記》注：『菑讀入雜厠之厠。』『厠』亦則聲。」

［一七］方校：「案：『仄』譌『灰』，『仄』譌『𠂸』，據二徐本正。『旲』當从《類篇》作『𡗜』。」按：明州本、潭州本、金州本、毛鈔、錢鈔「𠂸」字正作「仄」。龐校同。又明州本、毛鈔、錢鈔「灰」字正作「仄」。龐校、錢振常校同。又明州本、毛鈔注「旲」字正作「𡗜」。龐校同。又明州本、毛鈔、錢鈔注「仌」字正作「矢」。龐校、錢振常校同。

［一八］方校：「案：『矢』从大傾頭則不應作『仌』。本書偏旁从『矢』者竝誤。」按：明州本、毛鈔「仌」字作「矢」。龐校、錢振常校同。

［一九］明州本、毛鈔、錢鈔注「日」字作「曰」。馬校同。

［二〇］方校：「案：『烏』譌『鳥』，據二徐本正。」按：明州本、潭州本、金州本、毛鈔、錢鈔注「鳥」字正作「烏」。龐校、錢氏父子校同。

［二一］陳校：「『稷』，《廣韻》同『稄』。」

［二二］毛鈔注「撰」字作「揳」。明州本、錢鈔注「通作揳」作「或从吳」。龐校、錢校同。

［二三］陳校：「『色』，《説文》作『气』。」方校：「案：『气』譌『色』，『䨥』譌『䨥』，《類篇》并譌『䨥』，據小徐本正。」按：明州本、潭州本、金州本、毛鈔、錢鈔「䨥」字正作「䨥」，注同。韓校、龐校、錢氏父子校同。

［二四］《博雅》見《釋訓》。曹音牛力反。王氏疏證：「各本『䩝』譌作『艴』。自宋時本已然。故《集韻》、《類篇》俱有『艴』字，音色，引《廣雅》『䩝艴，轉戾也』。案：《説文》、《玉篇》、《廣韻》俱無『艴』字，《集韻》、《類篇》音色，亦與曹憲牛力反之音不合。考『䩝』字本讀如『與子同袍』之『袍』。《玉篇》：『䩝，步毛切，戾也。』《廣韻》同。轉入聲則讀如『克岐克嶷』之『嶷』。『軫䩝』，雙聲字也。或作『抮抱』，又作『紾抱』。《淮南子·原道訓》：『扶搖抮抱羊角而上。』高注云：『抮抱，了戾也。扶搖如羊角轉曲縈行而上也。』『抮』，讀與《左傳》『感而能昣』者同。『抱』讀《詩》『克岐克嶷』之『嶷』。《精神訓》：『雖天地覆育，亦不與之抮抱矣。』注云：『抮抱，猶持著也。』《本經訓》：『菱杼紾抱。』注云：『紾，

戾也。抱，轉也。皆壯采相銜持貌也。』『紾』讀『紾結』之『紾』，『抱』讀『岐嶷』之『嶷』。高注讀『抱』爲『嶷』，正與牛力反之音相合。今據以訂正。凡字从包聲者，多轉入職、德、緝、合諸韻，其同位而相轉者，若『包犧』之爲『伏羲』，『抱雞』之爲『伏雞』是也。亦有異位而相轉者。《續漢書·五行志》注引《春秋考異郵》云：『陰氣之專精，凝合生雹。』雹之爲言合也，是『雹』、『合』聲相近。《玉篇》云：『鮑，漬魚也。』今謂裛魚。『鮑』、『裛』聲相近。故『鮑魚』轉爲『裛魚』，猶之『軳』、『嶷』聲相近。故『軫軳』之『軳』讀爲嶷也。『軳』字或書作『艳』，故譌而爲『艳』。《集韻》遂讀爲色，而《類篇》以下諸書皆仍其誤。」

[二五] 明州本、毛鈔、錢鈔注「曰」字作「田」。余校、韓校、陳校、顧校、陸校、龐校、錢校同。方校：「案：『田』譌『曰』，據宋本及二徐本正。」

[二六] 陸校「脊」作「畓」。

[二七] 丁校據《說文》「田」改「曰」。按：明州本、毛鈔、錢鈔注「田」字正作「曰」。余校、韓校、陳校、陸校、龐校、錢氏父子校同。馬校：「『曰』，局誤『田』。」方校：「案：『曰』譌『田』，據宋本及二徐本正。」

[二八] 方校：「案：『篩』譌『飾』，據《篇》、《韻》、《類篇》正。」按：明州本、錢鈔注「飾」字正作「篩」。龐校、錢氏父子校同。

[二九] 明州本注「蔑」字作「薎」。余校、龐校、錢氏父子校同。

[三〇] 明州本、潭州本、金州本、毛鈔、錢鈔「㝠宊」作「㝠宊」。龐校、錢氏父子校同。

[三一] 明州本、毛鈔、錢鈔「撰」字作「揆」。龐校、錢氏父子校同。

[三二] 方校：「案：《廣雅·釋詁二》餥，王本據此及《類篇》補。又《釋詁四》『餲』訓長。《方言》二『餲』訓息。愚并疑此以接引《方言》而誤。」

[三三] 明州本、毛鈔、錢鈔此字併注在「隠」下「簄」上。韓校、龐校、錢振常校同。馬校：「此字併注宋本在『隠』字下，局在悉即切之末。」方校：「案：宋本在『隠』下『簄』上。」

[三四] 方校：「案：注『即』、『卽』當互易。」按：明州本、潭州本、金州本、毛鈔、錢鈔注「卽」字作「即」。

[三五] 丁校據《說文》改「郡」。按：明州本、潭州本、金州本、毛鈔、錢鈔注「即」字正作「郡」。余校、段校、韓校、陳校、陸校、龐校、錢氏父子校同。又明州本、毛鈔、錢鈔注「𨛜」字作「𨛜」。余校、韓校、陳校、陸校、龐校、錢氏父子校同。方校：「案：『郡』譌『即』，『𨛜』譌『𨛜』，據宋本及《說文》正。」

[三六] 方校：「案：『䰠』，見《山海經》五《中山經》，山名也。畢氏謂字當爲『䰠』，即古文『稷』，見《說文》，今據正。」按：明州本、潭州本、金州本、毛鈔、錢鈔「䰠」字正作「䰠」，注同。余校、段校、韓校、陳校、龐校、錢振常校同。陳校：「『兒』从畟省，不从鬼。」馬校：「『䰠』，局作『䰠』，注同。」

[三七] 方校：「案：注『齊』當从小徐本作『齋』，毛刻作『齋』，亦誤。」按：明州本、潭州本、金州本、毛鈔、錢鈔注「齊」字作「齋」。余校、韓校、陳校、龐校、錢氏父子校同。

[三八] 方校：「案：『㮨』譌从禾，據《說文·木部》正。」按：明州本、潭州本、金州本、毛鈔、錢鈔「稷」字正作「㮨」。余校、韓校、陳校、龐校、錢氏父子校同。馬校：「局誤『稷』，《廣韻》作『㮨』。」

[三九] 方校：「案：『蕠』譌『莉』，據《爾雅·釋蟲》正。」按：明州本、潭州本、金州本、毛鈔、錢鈔注「莉」字正作「蕠」。龐校、錢氏父子校同。馬校：「『蕠』，局作『莉』。」

[四〇] 陳校从「卪」。方校：「案：『㞋』譌『𠬝』，據《類篇》正。」按：明州本、潭州本、金州本、毛鈔、錢鈔「𠬝」字正作「㞋」。余校、韓校、顧校、龐校、錢氏父子校同。馬校：「『㞋』，局作『𠬝』。」

[四一] 陳校：「『㮨』，俗『稷』字。」

[四二] 明州本、潭州本、金州本、毛鈔、錢鈔「僿」字作「僿」。馬校：「局作『僿』，誤。其注作『僿』。又曰：《夏小正》：『四月攻陟。』『陟』即『騭』之假借。假『陟』爲『騭』，非假『騭』爲『陟』也。『騭』，陟聲，之翼切，古音也。《廣韻》有『騭』無『騭』，音轉入質。」方校：「案：『陟』及下『步』、『騭』、『徙』並譌从少，又『僿』譌『僿』，據宋本正。」

[四三] 明州本、潭州本、金州本、毛鈔、錢鈔「脂」字作「膱」。韓校、陳校、龐校、錢氏父子校同。馬校：「局作『脂』，不成字。」方校：「案：『脂』譌『膱』，據宋本及《五音集韻》正。」

[四四]　丁校據《説文》「兩」改「臿」。龐校、錢振常校同。方校：「案：『臿』譌『兩』，據二徐本正。段氏校本於『臿』上增『一曰』二字。」按：明州本注「兩」字作「臿」。錢鈔作「臿」，亦誤。

[四五]　馬校：「『椆』，局作『掲』。」丁校據《廣雅》「掲」改「椆」。方校：「案：『椆』譌『掲』，據《廣雅・釋器下》正。」

[四六]　陳校「古」作「占」。丁校據《周禮注》「古」改「占」。方校：「案：『占』譌『古』，據《周禮・春官・大史》注正。」

[四七]　明州本、潭州本、金州本、毛鈔、錢鈔「稟」字作「稟」，明州本、金州本、毛鈔「稟」字作「稟」，注同。韓校、陳校、龐校、錢氏父子校同。馬校：「『稟』、『稟』，局作『稟』、『稟』，注同。」方校：「案：『直稟』當从《説文》作『直稟』，又『稟』譌『稟』。據宋本及楊信文《增廣鍾鼎篆韻》正。《類篇》中从女作『稟』，亦誤。」

[四八]　方校：「案：『㝈』譌『㝈』，注『棘』譌『棘』，據《廣韻》正。」按：明州本、毛鈔、錢鈔「㝈」字正作「㝈」，注「棘」字正作「棘」。錢振常校同。

[四九]　馬校：「《漢書》平原郡枌縣，應劭音力。」

[五〇]　明州本、潭州本、金州本、毛鈔、錢鈔注「鳩」字作「鳩」。段校、韓校、陸校、龐校、錢氏父子校同。馬校：「『鳩』，局誤『鳩』。」方校：「案：『鳩』譌『鳩』，據宋本及《類篇》正。」

[五一]　方校：「案：『昵』當从《韻會》作『昵』。《類篇》女力切，餘十字竝與《韻會》同。」按：明州本、潭州本、金州本、毛鈔、錢鈔注「昵」字正作「昵」。陳校、陸校、龐校、錢氏父子校同。

[五二]　方校：「案：『亡』譌『十』，據宋本及《説文》正。」按：明州本、金州本、毛鈔、錢鈔注「十」字正作「亡」。段校、韓校、陳校、陸校、龐校、錢氏父子校同。馬校：「局『昵』作『昵』，『亡』作『十』，均誤。」

[五三]　明州本、錢鈔注「疾」字作「病」。錢振常校同。

[五四]　明州本、毛鈔、錢鈔注「中」字作「宋」。段校、韓校、陳校、陸校、龐校、錢振常校同。馬校：「『宋』，局誤『中』。」方校：「案：『宋』譌『中』，據宋本及《方言》二正。」

[五五]　段校：「『惰』字無義，當是『遁』字之譌。」顧校：「廣圻案：此『情』字之譌。」方校：「案：『情』譌『惰』，據《類篇》及《爾雅・釋訓》音義正。」按：明州本、錢鈔注「惰」字正作「情」。陳校、龐校、錢氏父子校同。

[五六]　明州本、潭州本、金州本、毛鈔、錢鈔注「不」字作「木」。

[五七]　明州本、金州本、毛鈔、錢鈔注「⺈」字作「厂」。韓校、陳校、陸校、龐校、錢振常校同。丁校據《説文》「㡿」作「衺」，「箬」作「箸」。方校：「案：『衺』譌『㡿』，『著』譌『箬』，『厂』譌『⺈』，宋本又譌『亇』。竝據大徐本正。此字《説文》篆作『𠂆』，隸十二篇《厂部》。」按：明州本、金州本、毛鈔、錢鈔注「㡿」字正作「衺」。段校、陸校、龐校、錢氏父子校同。又明州本、潭州本、金州本、毛鈔、錢鈔注「箬」字作「箸」。段校、陳校、陸校、龐校、錢氏父子校同。馬校：「局『衺』作『㡿』，『箸』作『箬』，『厂』作『⺈』，均誤。」按：潭州本注「⺈」作「亇」。

[五八]　明州本、毛鈔、錢鈔注「劉」字作「劉」。明州本、潭州本、金州本、毛鈔、錢鈔該字並重見。余校、顧校、龐校、錢振常校同。馬校：「局刻脱一『劉』字。宋本不誤也。案：《爾雅》：『劉，劉杙。』『劉』爲句。『杙』本木名，自後人用『杙』作弋麗字，遂以『樴』、『職』爲或作矣。又案：《爾雅》：『樴謂之杙。』《周官・牛人》：『以授職人。』鄭注云：『職讀爲樴。樴謂之杙，可以繫牛。』『樴』本字，『職』假借字。互見上質力切下。」方校：「案：『劉』下奪一『劉』字，本書初亦疊出，校者誤以爲冗複而删之。今挖改之痕顯然可見也。宋本與《類篇》竝疊，可以參證。劉，劉杙，見《爾雅・釋木》。」

[五九]　方校：「案：『敊』譌从攴，據二徐本正。」

[六〇]　方校：「案：『弋』譌从厂，據《類篇》及本文正。」按：明州本、毛鈔、錢鈔注「氏」字正作「弋」。陳校、龐校同。馬校：「『氏』，少點，大字作『弋』。」

[六一]　丁校據《説文》作「趨」。方校：「案：『趨』譌『趨』，據二徐本正。」按：明州本、錢鈔注「趨」字正作「趨」。段校、陸校、龐校、錢校同。馬校：「『趨』，局誤『趨』。」

[六二]　明州本、金州本、錢鈔注「不」字作「石」。余校、陸校、龐校、錢氏父子校同。

[六三]　陳校：「『麧』，《類篇》麥麯也。『麯』作『麯』。」

[六四] 馬校：「『虡』爲鐘虡之異體。此即『廙』之譌。魏有丁廙，字敬禮。」

[六五] 陳校：「《類篇》从王不从玉。」按：明州本、錢鈔注「翌」字正作「翌」。龐校、錢氏父子校同。

[六六] 明州本、毛鈔、錢鈔注「密」字作「密」。段校、龐校、錢校同。馬校：「『密』，局作『密』，誤。」

[六七] 明州本、潭州本、金州本、毛鈔、錢鈔注「虞」字作「虞」。余校、段校、陳校、龐校、錢氏父子校同。

[六八] 方校：「案：『亟』必當作『亟』，乃合从人从二之義。」

[六九] 方校：「案：『錯』譌『錯』，據《説文韻譜》正。」按：明州本、潭州本、金州本、毛鈔、錢鈔注「錯」字正作「錯」。余校、段校、陸校、龐校、錢氏父子校同。馬校：「『錯』，局誤『錯』。」

[七〇] 方校：「案：『羊』當作『芉』，『包』下奪『省』字，宋本同，據《説文》及《類篇》補正。」

[七一] 明州本、潭州本、金州本、毛鈔、錢鈔注「棘」字作「棘」。錢振常校：「从『棘』之字同。」

[七二] 潭州本、金州本注「故」下空一格。明州本、毛鈔、錢鈔注不空。

[七三] 明州本、潭州本、金州本、毛鈔、錢鈔注「蕀」字作「蕀」。顧校、龐校同。

[七四] 明州本、毛鈔、錢鈔「𣗥」字作「𣗥」。顧校、錢振常校同。

[七五] 方校：「案：『㮣』譌『極』，據《類篇》及本文正。」按：明州本、毛鈔、錢鈔注「極」字作「㮣」。陳校、顧校、陸校、龐校、錢氏父子校同。馬校：「『㮣』，局誤『極』。」

[七六] 毛鈔注「亦」字作「或」。顧校、陸校、龐校同。馬校：「『或』，局作『亦』。」

[七七] 方校：「案：《説文》：『覗，繫牛脛也。』宋本同，此傳録之譌。《類篇》『脛』作『頸』，亦誤。」

[七八] 方校：「案：『蔓』下奪『生』字，據《爾雅・釋艸》注補。」

[七九] 明州本、金州本、毛鈔、錢鈔注「木」字作「朩」。余校、顧校、陸校、龐校、錢校同。馬校：「『朩』，局作『木』，少點。」

[八〇] 方校：「案：《廣雅・釋器上》『䍜』作『羀』，字異義同。」

[八一] 方校：「案：『僰』下从人，此譌从入，據《前漢・地理志》正。漢犍爲郡有僰道縣。《説文》『僰』隸《人部》，『或从人』

當云『或作僰』。」

[八二] 方校：「案：此係新坿字。」

[八三] 方校：「案：『㥛』譌『㥛』，據《類篇》正，《廣韻》作『㥛』，同。」按：明州本、潭州本、金州本、毛鈔、錢鈔「㥛」字正作「㥛」。龐校、錢振常校同。馬校：「『㥛』，局作『㥛』。」

[八四] 方校：「案：『歕』譌『歖』，據《類篇》正。」參見《説文・欠部》「歖」字段注。

[八五] 段校作「虢」。陸校同。馬校：「當即『虢』字。」

[八六] 明州本、毛鈔、錢鈔「㚇」字作「㚇」，注同。韓校、顧校、龐校、錢氏父子校同。方校：「案：『㚇』譌从夂，據宋本及《廣雅・釋訓》正。」

[八七] 明州本、錢鈔「㬰」字作「㬰」，「㬰」字作「㬰」。錢振常校同。

[八八] 明州本、錢鈔注「邪」字作「斜」。龐校、錢振常校同。

[八九] 明州本、潭州本、金州本、毛鈔、錢鈔注「高」字作「馬」。韓校、陳校、龐校同。方校：「案：『馬』譌『高』，據宋本及《玉篇》正。」

[九〇] 明州本、毛鈔、錢鈔「億」字作「億」。錢校同。

[九一] 段校作「啬」。馬校：「『啬』，局作『𠶷』。」方校：「案：二徐本『𠶷』作『啬』。此與《類篇》同。《篇》、《韻》竝同二徐。」按：明州本、錢鈔「𠶷」字正作「啬」。錢校同。

[九二] 明州本、錢鈔「意」字作「意」。錢氏父子校同。

[九三] 陳校：「『骨』，《説文》作『肉』。」方校：「案：『肊』譌『肊』，注『肉』譌『骨』，據二徐本正。」按：明州本、錢鈔「肊」字正作「肊」。陸校、錢氏父子校同。馬校：「當爲『肊』，宋亦誤。」

[九四] 明州本、錢鈔「髓」字作「髓」，注同。汪校、龐校同。馬校：「『髓』，局作『髓』。」

[九五] 方校：「案：『𢪄』、『抑』譌『𢪄』、『抑』，據《説文》正。注『抑』，宋本及《類篇》竝作『抑』，與正文同。」按：明州本、毛

鈔、錢鈔「珀」字作「归」。段校、陳校、龐校、錢氏父子校同。明州本、錢鈔「抑」作「拘」。馬校：「『归』，局作『珀』，非。」又明州本、毛鈔、錢鈔注「抑」字作「抑」。陳校、錢氏父子校同。

［九六］方校：「案：《説文》『湆』作『湆』。段氏據此訂正。《類篇》作『湆』，亦誤。」

［九七］丁校據《説文》作「澗」。方校：「案：注『澗』譌『澗』，據二徐本正。」按：明州本、潭州本、金州本、毛鈔、錢鈔注「澗」字作「澗」。汪校、陳校、陸校、龐校、錢振常校同。馬校：「『澗』，局誤『澗』。」

［九八］馬校：「『薔』即『薏』之隸變，宋亦誤。」

［九九］明州本、錢鈔「檍」字作「檍」，注「意」字作「意」。龐校、錢氏父子校同。

［一〇〇］方校：「案：『螅』，曹憲音一結，俗本《廣雅·釋蟲》作『螅』，非。」

［一〇一］明州本、潭州本、錢鈔注「抑」字作「抑」。龐校同。

［一〇二］毛鈔注「億」字作「憶」。馬校：「『憶』，局作『億』。」

［一〇三］明州本、錢鈔注「意」字作「意」。錢校同。

［一〇四］明州本、錢鈔注「棟」字作「棟」。龐校、錢振常校同。誤。潭州本、金州本、毛鈔作「棟」。

［一〇五］馬校：「《建元以來王子侯者表》『朸侯劉讓』，从木，又《高五王傳》《諸侯王表》皆从扌，當以作『扐』爲是。」

［一〇六］明州本、毛鈔、錢鈔注無「或从心」之「或」字。汪校删。龐校：「『無』『或』字。」馬校：「局『从』上衍『或』字。」方校：「案：『跂』二徐本作『岐』，《類篇》作『歧』，此當是『歧』字之譌。又『从心』上『或』字宋本無，今删。」按：明州本、毛鈔「跂」字正作「歧」。段校、龐校、錢振常校同。

［一〇七］方校：「案：『堅』譌『堅』，據《類篇》正。」按：明州本、錢鈔注「堅」字作「堅」。龐校、錢氏父子校同。

［一〇八］明州本、潭州本、金州本、毛鈔、錢鈔注「紁」字作「紩」。韓校、陳校、龐校、錢振常校同。汪校改从「失」。馬校：「局作『紁』，誤。」余校改从「金」，疑非。

［一〇九］方校：「案：字見《説文·戈部》，『囗』譌『口』，『戈』譌『弋』，『地』譌『名』，竝據二徐本正。『自』當从《類篇》作『自』。」按：明州本、潭州本、金州本、毛鈔、錢鈔注「弋」字正作「戈」。陳校、龐校、錢氏父子校同。段校「名」作「地」。陳校同。馬校：「『名』當爲『地』，宋亦誤。又：『自』局作『自』，皆誤，其正字當作『自』。」

［一一〇］明州本注「狐」字作「弧」。龐校、錢氏父子校同。

［一一一］明州本、潭州本、金州本、毛鈔、錢鈔注「害」字作「害」。余校、陳校、龐校、錢氏父子校同。方校：「案：『害』譌『害』，據宋本及《説文》正。影宋本《説文》『射』作『躲』。」

［一一二］明州本、錢鈔注「蝦」字作「蝦」。錢校同。

［一一三］丁校據《廣韻》作「域」。方校：「案：『域』譌『嘓』，據《廣韻》、《類篇》正。」按：明州本、潭州本、金州本、毛鈔、錢鈔注「嘓」字正作「域」。陳校、龐校、錢氏父子校同。馬校：「『域』，局誤『嘓』。」

［一一四］余校「謂」上增「深八尺」三字。

［一一五］明州本、潭州本、金州本、毛鈔、錢鈔注「乎」字作「于」。龐校、錢校同。馬校：「『于』，局作『乎』。」

［一一六］明州本、錢鈔注「夘」字作「卯」。錢氏父子校同。

［一一七］方校：「案：《説文》『畐』作『畐』，今據正。」

［一一八］方校：「案：『辜祭』譌『辜祭』，據《説文》正。《周禮·春官·大宗伯》文『副』作『疈』。」按：明州本、毛鈔、錢鈔注「祭」正作「祭」。陳校同。

［一一九］方校：「案：《篇》、《韻》皆訓蹋地聲，注『蹋』疑『蹋』字之譌。」

［一二〇］方校：「案：『皮』當作『皮』，宋本作『皮』，《類篇》作『疲』，竝非。」按：明州本、潭州本、金州本、毛鈔、錢鈔注「皮」字作「皮」。段校、汪校、陳校、龐校、錢氏父子校同。馬校：「『皮』，局誤『皮』。」

［一二一］明州本、錢鈔注「帶」字作「帶」。龐校同。

［一二二］方校：「案：『僋』譌『僋』，據《類篇》、《韻會》正。宋本从心作『憓』，尤譌。又大徐本『𧆨』下籀文有『𧈝』字，此失收。」按：明州本、潭州本、金州本、毛鈔「僋」字作「僋」。顧校、龐校、錢氏父子校同。

[一二三] 余校「治」作「白」。《類篇・黍部》同。參見《德韻》皐墨切「黐」字,疑當从《説文》「豆」下補「下濆莱」三字。又本韻拍逼切「黐」字同。

[一二四] 明州本、潭州本、金州本、毛鈔、錢鈔注「禾」字作「末」。陳校、顧校、龐校、錢氏父子校同。馬校:「『末』,局誤『禾』。」

[一二五] 方校:「案:『圻』當从《類篇》改『圻』。『圻』即《説文》判字之義。」按:明州本、毛鈔、錢鈔注「圻」字作「圻」。陳校、龐校、錢振常校同。馬校:「『圻』,局作『圻』。」

[一二六] 明州本、毛鈔、錢鈔「㚟」字作「㚟」。龐校、錢校同。按:字當作「㚟」,从人。

[一二七] 方校:「案:『密』譌『密』,據《類篇》正。」按:明州本、金州本、毛鈔、錢鈔注「密」字正作「密」。錢振常校同。

二十五德

[一] 方校:「案:『升』譌『外』,據《説文》正。」按:明州本、金州本、毛鈔、錢鈔注「外」字正作「升」。

[二] 明州本、潭州本、金州本、毛鈔、錢鈔注「也」下空格爲「一」字。陸校:「缺『一』字。」

[三] 陳校:「『悳』,古文『德』。」方校:「案:『悳』『悳』《説文》作『悳』,『悳』作『悳』,尤譌。」按:明州本、毛鈔、錢鈔注「悳」字正作「悳」。龐校、錢氏父子校同。

[四] 馬校:「案:《廣韻》:『悳,鱳悳,縣名,在張掖。』《漢書》作得。是陸所見縣名作『悳』,『悳』、『得』古今字。《集韻》不收『悳』字,蓋『悳』即『悳』耳。『悳』,局作『悳』,注同。」

[五] 明州本、毛鈔、錢鈔注「巳」字作「已」。陸校、龐校同。

[六] 方校:「案:《周禮・春官・太卜》:『掌三藘之灋,三曰咸陟。』鄭注:『咸,皆也。陟之言得也,讀如王德翟人之德。言藘之皆得。』釋文:『藘音夢,本多作夢。陟如字,或音得。』此云陟夢,非是。」

[七] 方校:「案:『德』譌『得』,據宋本及《類篇》正。《類篇》『惕』作『惕』,亦誤。」

[八] 馬校:「『忥』字見《説文》,《廣韻》失收。」

[九] 余校云原作「日」。按:明州本、錢鈔注「月」作「日」。錢振常校同。

[一〇] 明州本、金州本、毛鈔、錢鈔注「敃」字作「敵」。余校、段校、韓校、陳校、陸校、龐校、錢氏父子校同。馬校:「『敵』,局作『敃』,不成字。」

[一一] 明州本、錢鈔注「蜮」字作「蟘」。毛鈔注作「蟘」。韓校同。方校:「案:『蟘』,宋本及大徐本同,段校本竝作『蟘』。宋本注『蜮』作『蟘』。」

[一二] 明州本、潭州本、金州本、毛鈔、錢鈔注「㝵」字作「㝵」。陳校、顧校、龐校、錢校同。馬校:「『㝵』,局作『㝵』,誤。」

[一三] 潭州本注「刊」字作「刋」。誤。他本不誤。

[一四] 明州本、毛鈔、錢鈔注「間」字作「閒」。

[一五] 陳校:「《博雅》音斯。」

[一六] 明州本、金州本、毛鈔、錢鈔注「蟲」字作「蝨」。韓校、陳校、龐校、錢振常校同。方校:「案:『蝨』譌『蟲』,據宋本及《類篇》正。」

[一七] 明州本、錢鈔注「䩶」字作「䩶」。龐校、錢振常校同。

[一八] 丁校據《説文》作「茈」。按:明州本、金州本、毛鈔、錢鈔注「茈」字作「茈」。余校、段校、汪校、韓校、陳校、龐校、錢氏父子校同。馬校:「注『茈』,局作『茈』,不成字。」方校:「案:『茈』譌『茈』,據宋本及大徐本正。」

[一九] 陳校:「『蛍』字上下兩出。」

[二〇] 明州本、錢鈔注「赤」字作「赤」。龐校同。誤。他本作「赤」,與《説文》同。

[二一] 方校:「案:『棓』當作『掊』,但《類篇》『棓』下及『掊』下皆無鼻墨一音,俟考。」按:明州本、毛鈔、錢鈔注「棓」字作

「掊」。陸校、龐校、莫校、錢校同。馬校：「『仆掊』，局作『棓』，大字作『掊』。」

[二二]明州本、毛鈔、錢鈔「僰」字作「僰」。馬校：「『僰』从人，宋本从入，非也。」

[二三]丁校據《説文》作「潰」。方校：「案：『潰』譌『潰』，據大徐本正。」按：明州本、毛鈔、錢鈔注「潰」字正作「潰」。余校、錢校同。

[二四]明州本、毛鈔、錢鈔注「五」字作「二」。龐校、錢氏父子校同。馬校：「局『二十五』，『五』字誤。」

[二五]方校：「案：『屎』譌『戻』，據《廣雅・釋詁二》正。」按：明州本、毛鈔、錢鈔注「戻」字正作「屎」。段校、陸校、龐校、錢氏父子校同。

[二六]方校：「案：『瞖』譌从日，宋本同，據《玉篇》及前惕得切『聽』注正。《廣韻》作『瞖』，亦誤。」按：明州本、毛鈔、錢鈔「瞖」字作「瞖」，注同。余校、韓校、龐校、錢氏父子校同。董校：「按：『瞖』从目爲是。」馬校：「『聽瞖』，局作『聽瞖』，皆誤。」

[二七]明州本、錢鈔「見」字作「覓」。錢振常校同。馬校：「案：《國語》：『冒沒輕儳。』韋注云：『冒，抵觸也。』《衆經音義》引《國語》作『覓』，音墨，此所據之本也，今字皆譌矣。《説文》曰：突前也，義相近，曰聲音墨者，入聲之轉也。《沃》、《号》韻有『覓』。」

[二八]方校：「案：『帽』譌『帽』，據《廣韻》正。下『艒』作『艒』，亦誤。」按：明州本、錢鈔「帽」字作「𥇛」，注作「帽」。錢振常校同。

[二九]方校：「案：『蝠』上奪『蝙』字，據《爾雅・釋蟲》郭注補。」

[三〇]明州本、錢鈔「艒」作「艒」。顧校、錢振常校同。馬校：「『艒』，局誤『艒』，注同。」

[三一]方校：「案：『見』譌『皃』，據《類篇》及前密北切『瞾』注正。」按：明州本、潭州本、金州本、毛鈔、錢鈔注「皃」字正作「見」。汪校、陳校、顧校、陸校、龐校、錢振常校同。馬校：「『見』誤『皃』。」

[三二]丁校據《説文》作「書」。按：明州本、潭州本、金州本、毛鈔、錢鈔注「者」字作「書」。余校、段校、韓校、陸校、龐校、錢

校同。馬校：「『書』，局誤『者』。」方校：「案：『書』譌『者』，據宋本及二徐本正。」

[三三]明州本、錢鈔注「法也」下有「即也」二字。龐校、錢氏父子校同。馬校：「局脱『即也』二字。」

[三四]余校从「戎」並改从「戒」。韓校同。董校：「『戎』改从『戒』。」

[三五]方校：「案：《類篇》與此同。小徐本作『烏鰂也』。大徐本『烏』作『鰞』，似誤。」

[三六]丁校據《説文》作「亖」。按：潭州本、金州本、毛鈔注「四」字作「亖」。余校、韓校、陸校、錢校同。馬校：「『四』，局誤『四』。」陳校：「『亖』，古『囪』字。」方校：「案：『亖』譌『四』，《類篇》又譌『四』，據宋本及《説文》正。」

[三七]陳校：「『也』，《説文》作『皃』。」方校：「案：大徐本作『怒皃』，小徐本『怒皃』下有『也』字。」

[三八]明州本、錢鈔「歎」字作「歎」。龐校、錢氏父子校同。誤。

[三九]明州本、錢鈔注「下」字作「尸」。龐校、錢振常校同。非。

[四〇]丁校據《説文韻譜》「作」字作「能」。方校：「案：『能』譌『作』，據《説文韻譜》正。又《説文》『亭』作『亭』，『亭』作『亭』，『㮇』作『臬』，字係七篇部首。」按：明州本、錢鈔注「作」字作「等」。龐校、錢氏父子校同。

[四一]陳校：「《五音集韻》又作『尅』，同。《篇海》：『期也。』《爾雅》：『勝也。』」

[四二]方校：「案：二徐本『極』作『劇』，段校改『劇』。」

[四三]潭州本、金州本、毛鈔注「疆」字作「彊」。韓校、龐校、錢氏父子校同。陳校从「弓」。馬校：「『彊』，局誤『疆』。」方校：「案：『彊』譌『疆』，據宋本及《類篇》正。《廣韻》作『强』，同。」

[四四]盧文弨《鍾山札記・裓》：「衣裓用於釋氏爲多，然亦可通用。非專指衣襟也。」

[四五]陳校：「『朿』當作『竦』。」按：《廣韻》：「嬻，竦身皃，出《玉篇》。」

[四六]明州本「蠹」字作「蠹」。龐校、錢振常校同。《類篇・蚰部》作「蠹」。

[四七]方校：「案：『穫』譌『穫』，『辭』譌『亂』，據《類篇》正。」按：潭州本、金州本、毛鈔注「穫」字正作「穫」，「亂」字正作「辭」。陳校、龐校、錢氏父子校同。明州本、錢鈔注「穫」字作「獲」。

[四八] 明州本、錢鈔注「狐」字作「弧」。錢氏父子校同。

[四九] 明州本、錢鈔注「蝦」字作「蝦」。顧校、龐校同。

二十六緝

[一] 龐校作「緝」，云：「从『咠』之字同。」

[二] 明州本、毛鈔、錢鈔「㨗」字作「㨗」，注「袷」字作「袷」。陳校、龐校同。與《說文》合。

[三] 明州本、錢鈔注「潗」字作「潗」。錢校同。與正文合。

[四] 陳校：「《博雅》：『趿趿，行也。』」方校：「案：趿趿，行也。見《廣雅·釋訓》。」

[五] 明州本、潭州本、金州本、毛鈔、錢鈔注「鋒」字作「鋒」。錢氏父子校同。馬校：「『鋒』，局作『鋒』，非。」

[六] 明州本、金州本、毛鈔、錢鈔注「欶」字作「欶」。顧校、龐校、錢氏父子校同。馬校：「『欶』，局作『欶』。」

[七] 明州本、錢鈔注「衆」字作「聚」。陳校、龐校、錢氏父子校同。與《類篇》合。

[八] 方校：「案：『湁』譌『拾』，『涌』譌『通』，據《類篇》正。」按：明州本、潭州本、金州本、毛鈔、錢鈔注「拾」字正作「湁」。韓校、陳校、龐校、錢氏父子校同。又明州本、錢鈔注「潗」字作「潗」。錢校同。

[九] 丁校據《廣雅》作「輯」。按：明州本、潭州本、金州本、毛鈔、錢鈔注「輯」字正作「輯」。段校、陳校、陸校、龐校、錢氏父子校同。馬校：「注『輯』，局誤『輯』。」方校：「案：今本《廣雅·釋器上》『輯』作『輯』，王氏校改『輯』，說見《疏證》。」按：《廣雅·釋器》：「輯謂之鞻。」王氏疏證：「『輯』，各本作『輯』。曹憲音釋：輯，子入反；鞻音解。《集韻》、《類篇》『輯』字注云：『《廣雅》：輯謂之鞻。一曰車輯。』『鞻』字注云：『《廣雅》輯謂之鞻。』據此則宋時《廣雅》本『輯』字有作『輯』者。案：《衆經音義》卷十五云：『輯，户犬反，大車縛槅者也。』引《廣雅》『輯謂之輢』。輢，居宜反。『輢』、『鞻』聲相近，『輯』、『輯』形相似。然則『鞻』謂『輢』之異文，而『輯』爲『輯』之譌字也。《說文》：『輯，大車縛軛靼也。』字或作『鞙』，《釋名》云：『鞙，縣也。所以縣縛軛也。』《集韻》：『輯，馬勒也。』馬勒謂之『輯』，亦謂之『輢』。縛軛靼謂之『輢』，亦謂之『輯』。皆束縛之意也。上條『靬謂之鞶』，爲軥内環靼，此條爲大車縛軛靼，事正相類。考《說文》、《玉篇》、《廣韻》俱無『輯』字，曹憲音子入反非是，今訂正。」

[一〇] 張文虎《舒藝室隨筆·論〈說文〉》：「《玉篇》：『蕺，子習切。茅牙也。又草木生皃。』蓋本許書。此文『不』字當即『木』字之譌衍。」

[一一] 陳校：「《博雅》作『叶』。」按：明州本、錢鈔注「黑」字作「雲」。龐校、錢振常校同。

[一二] 方校：「案：『蕺』當从王本《廣雅·釋草》作『蕺』，正文不誤。」按：明州本、潭州本、金州本、錢鈔注「蕺」字正作「蕺」。顧校、陸校、龐校、錢氏父子校同。馬校：「注『蕺』，局誤『蕺』。」

[一三] 明州本、毛鈔、錢鈔「㨗」字作「㨗」。陳校、陸校、龐校、錢氏父子校同。馬校：「『㨗』，局誤『㨗』。」又陳校、龐校、錢氏父子「袷」字作「袷」。

[一四] 方校：「案：『袷』譌『袷』，據《禮·喪大記》『君子褶衣褶衾』注正。」按：明州本注「袷」字正作「袷」。陳校同。

[一五] 明州本、毛鈔、錢鈔注上「飄」字作「颯」。陳校、龐校、錢氏父子校同。

[一六] 明州本、潭州本、金州本、毛鈔、錢鈔「隰」字作「隰」，注同。龐校、錢氏父子校同。馬校：「『隰』，局誤『隰』，注同。」方校：「案：『阪』譌从土，《類篇》同，據二徐本正。『隰』，當从宋本及《類篇》作『隰』。」

[一七] 明州本、錢鈔注「苜」字作「苜」。錢振常校同。《博雅》見《釋草》，王氏疏證：「《廣韻》云：『蓸茵，水草也。出《埤倉》。』則『蓸』下有『茵』字，今補。『水苜』疑當爲『水茵』，隸書『因』多作『囙』，形與『目』字相似而譌也。曹憲音目，當亦『囙』字之譌。水芋，烏芋也。水茵，蓸茵也。文義正同矣。」

[一八] 明州本、錢鈔「𡕩」字作「𡕩」，注「次」字作「次」。龐校、錢氏父子校同。

[一九] 方校：「案：《字鑑》『𠅃』上非从入。段校改『𠅃』，二徐本竝與此同。」

〔二〇〕方校：「案：《廣韻》引《説文》云：『詞之集也。』似誤。」
〔二一〕明州本、毛鈔、錢鈔注「歛」字作「歙」。龐校、錢振常校同。
〔二二〕方校：「案：《漢書·兒寬傳》：『統楫羣元。』注：『輯、楫與集三字並同。』」
〔二三〕明州本、毛鈔、錢鈔注「嵥」字作「嶫」。韓校、陳校、顧校、陸校、龐校、錢振常校同。方校：「案：『嶫』譌『嵥』。據宋本及司馬相如《上林賦》正。」
〔二四〕丁校據《説文》「覆」下補「也覆」二字。方校：「案：大徐本『覆』下『而』上有『也覆』二字。小徐本云：『从一覆也。覆上有水，故溼也。』段校本从小徐。」
〔二五〕明州本、潭州本、金州本、毛鈔、錢鈔「瞑」字作「暝」。余校、韓校、陸校、龐校、錢振常校同。馬校：「『暝』，局誤从目。」
方校：「案：『暝』譌从目，據宋本及《篇》、《韻》正。」
〔二六〕馬校：「『蟄』从執非也。依《説文》在《至韻》，从執，《緝韻》不應有『蟄』字。《廣韻》『蟄』亦从執，《集韻》無『蟄』，勝於《廣韻》矣。」
〔二七〕丁校改「箠」。按：明州本、毛鈔、錢鈔注「箠」字正作「箠」。段校、韓校、陳校、陸校、龐校、錢振常校同。馬校「『羊箠』，局作『箠』，不成字。」方校：「案：『箠』譌『箠』，據宋本及《廣韻》正。」
〔二八〕明州本、錢鈔「涄」字作「涄」。
〔二九〕毛鈔此字併注在「汁」下「蟄」上。段校、韓校、陸校、龐校、莫校、錢振常校同。馬校：「此字併注宋本在『汁』字下，局在質入切之末。」方校：「案：宋本在『汁』下『蟄』上。」按：明州本、錢鈔此字併注在「瓡」下「斟」上。
〔三〇〕方校：「案：『澮』當作『濇』。《類篇》作『濇』，亦誤。」按：明州本、毛鈔、錢鈔「澮」字正作「濇」。陳校、顧校、龐校、錢振常校同。馬校：「『濇』，局作『澮』，注同。」
〔三一〕陳校：「『徻』从人，不及也。」
〔三二〕方校：「案：《新唐書》西戎勃達王摩訶澁斯天寶六載封爲守義王，與此異。」

集韻校本
校記卷十　二十六緝

〔三三〕明州本、毛鈔、錢鈔注「澉」字作「澉」。龐校、錢振常校同。
〔三四〕明州本、毛鈔、錢鈔「届」字作「届」。錢氏父子校同。馬校：「凡从『臿』諸字，宋本皆如此作，局俱作『臿』。」龐校：「从『臿』之字同。」
〔三五〕毛鈔「硒」字作「硒」。顧校、錢校同。
〔三六〕方校：「案：『臿』从臼从干，此上从千，下从臼，大誤。注『堞』譌『摵』，據《廣韻》正。」按：明州本、毛鈔、錢鈔「埇」字作「埇」。顧校、錢校同。又明州本、毛鈔、錢鈔注「摵」字作「堞」。龐校、錢氏父子校同。陳校从「土」。董校：「案：『摵』當作『堞』，从土不从扌也。」吕校：「宜从土。」
〔三七〕明州本、錢鈔「扱」字作「扱」。龐校同。誤。他本不誤。
〔三八〕明州本、錢鈔注「文」字下二字空格。龐校：「宋本『文』下空格。」
〔三九〕馬校：「『溼』，局作『濕』，隸變。」方校：「案：『蕎』譌『喬』，『溼』譌『濕』，據《唐本草》注正。」
〔四〇〕明州本、潭州本、金州本、毛鈔、錢鈔「楫」字作「揖」。韓校、陳校、龐校、錢校同。馬校：「局作『楫』。」方校：「案：『揖』譌『楫』，據宋本及《類篇》正。」
〔四一〕方校：「案：『斂』譌『歛』，據《書·舜典》『輯五瑞』傳正。」按：明州本、金州本、毛鈔、錢鈔注「歛」字正作「斂」。余校、陳校、顧校、龐校同。馬校：「『斂』，局作『歛』，从欠，俗。」
〔四二〕此作「㮚」，是。後仕戢切誤从禾。
〔四三〕明州本、毛鈔、錢鈔「䊵」字作「䊵」。龐校、錢氏父子校同。陳校：「《類篇》从米，《篇海》作『䊵』。」
〔四四〕毛鈔注「穀」字作「縠」。錢振常校同。
〔四五〕明州本、錢鈔注「仕」字作「佳」。龐校、錢氏父子校同。誤。潭州本、金州本、毛鈔作「仕」，不誤。
〔四六〕明州本、潭州本、金州本、毛鈔、錢鈔「㮚」字作「㮚」。龐校、錢氏父子校同。陳校从「木」。方校：「案：『㮚』下譌从禾，據《説文·木部》正。前側立切不誤。」

［四七］明州本、錢鈔注「勑」字作「勅」。馬校：「『勑』，局作『勅』。」

［四八］丁校據《説文》「南」字作「畐」。某氏校：「慶鏞案：《説文》『湁』下云：『湁湒鬻也。』曹本『沸南』二字蓋『鬻』一字之譌。」按：潭州本、金州本、毛鈔注「沸南」二字作「鬻」。段校、汪校、韓校、陳校、陸校、龐校、錢氏父子校同。馬校：「『鬻』，局誤『沸南』二字。」方校：「案：『鬻』字誤作『沸南』二字，據宋本及二徐本正。」

［四九］方校：「案：《廣雅》：『雴雴，雨也。』見《釋訓》。」

［五〇］明州本、毛鈔、錢鈔「壜」字作「堪」。韓校、龐校、錢氏父子校同。

［五一］方校：「案：『埱堪』譌『埱濕』，據《廣韻》正。」按：明州本、錢鈔「埱」字正作「埱」。錢氏父子校同。董校：「『濕』當作『堪』。」

［五二］明州本、錢鈔注「耕」字空格。錢校：「宋本空一格，脱『耕』字。」

［五三］方校：「案：王本《廣雅·釋詁一》『垤』下『也』下『跰』、『眦』等二十字方訓益，今本奪『也』字，遂致牽混，觀此及《類篇》則其誤已久矣。」

［五四］明州本、潭州本、金州本、毛鈔、錢鈔注「汙」字作「汗」。陳校、龐校、錢氏父子校同。方校：「案：『汗』譌『汙』，據宋本正。」

［五五］明州本、毛鈔、錢鈔注「桶」字作「㮝」。錢氏父子校同。

［五六］方校：「案：『立』，《説文》作『𡗓』，故有此訓。」

［五七］明州本、潭州本、金州本、毛鈔、錢鈔注「豚」字作「豚」。韓校、龐校、錢校同。

［五八］方校：「案：『鳴』譌『鳴』。據《類篇》及《爾雅·釋鳥》音義正。」按：明州本「鳴」字作「鳴」。陳校、顧校、陸校、錢氏父子校同。龐校：「『鳴』當从臼。」馬校：「『鳴』，局作『鳴』，誤。」

［五九］方校：「案：『猋』譌『猋』，據《類篇》正。」按：明州本、毛鈔、錢鈔注「猋」字正作「猋」。陳校、龐校、錢振常校同。

［六〇］明州本、潭州本、金州本、毛鈔注下「咗」字作「啦」。陳校、龐校、錢氏父子同。馬校：「『啦』，局作『咗』，下乞及切作『啦』。」

［六一］陳校：「『涸』作『泅』，注同。」方校：「案：『泅』譌『涸』，據《廣韻》、《類篇》正。」

［六二］明州本注「潗」字作「潗」。錢校同。

［六三］明州本、潭州本、金州本、毛鈔、錢鈔注「囚」字作「囚」。段校、韓校、陸校、呂校、龐校、錢氏父子同。馬校：「注第二『囚』字，局刻誤『囚』。」方校：「案：《廣韻》：『囚囚，私取皃。』宋本及《類篇》同，惟『皃』亦作『物』耳。」

［六四］明州本、潭州本、金州本、毛鈔、錢鈔注「蕺」字作「蕺」。錢校同。馬校：「『蕺』，局作『蕺』。」方校：「案：『蕺』譌『蕺』，據宋本及本文正。」

［六五］陳校：「『攘』，《説文》作『讓』，同。一云：『攘』，古『讓』字。」方校：「案：二徐本『攘』作『讓』。《論語·述而》釋文及《篇》、《韻》、《類篇》竝引與此同。段校从之。『著』，當依大徐本作『箸』，此从小徐。」按：明州本、錢鈔注「著」字正作「箸」。錢校同。

［六六］方校：「案：『莥』當从《類篇》作『莥』，後乙及切『𦹎』注亦誤。」按：明州本、錢鈔注「莥」字正作「莥」。陸校、龐校、錢校同。

［六七］方校：「案：『宵』譌『霄』，據大徐本正。小徐本無『宵行』二字。」按：毛鈔注「霄」字正作「宵」。陸校同。段校：「宋本『宵』。」陳校：「『霄』作『宵』。」

［六八］明州本、毛鈔、錢鈔注「暈」字作「暈」。龐校、錢振常校同。

［六九］方校：「案：『豪』下脱『骭』字，據二徐本及《篇》、《韻》增。」

［七〇］方校：「案：《廣雅·釋詁二》『蓺』作『褻』。《類篇》作『蓺』，同。」按：明州本、錢鈔注「蓺」字作「蓺」。顧校、錢氏父子校作「蓺」。

［七一］方校：「案：『聚』譌『泉』，據《方言》三及《廣雅·釋詁三》正。」

［七二］明州本、錢鈔注「擊」字作「繫」。錢振常校同。誤。潭州本、金州本、毛鈔作「擊」。與《類篇》同。

[七三]　明州本、錢鈔注「熱」字作「熱」。馬校：「『熱』，局作『熱』。」

[七四]　段校：「《五經文字》謂『湇』从泣下肉，大羹也。『湆』从泣下日，幽溼也。案：湇字不見《説文》，未知張説何本。《儀禮》音義引《字林》：『湇，羹汁。』《玉篇》、《廣韻》同。然則本無異字，肉之精液如幽溼生水也。」

[七五]　明州本、潭州本、金州本、錢鈔注「砬」字作「砬」。陳校、龐校、錢氏父子校同。

[七六]　錢氏父子「膿」字作「膿」。

[七七]　馬校：「注上『啦』字當作『啦』，宋亦誤。」

[七八]　陳校：「『福』作『褊』。」方校：「案：『褊』譌『福』，據二徐本正。」

[七九]　方校：「案：《説文》『絲』作『絲』。『第』，影宋本《繫傳》作『弟』。此與毛刻同。《廣韻》引毛刻『弟』作『序』。」

[八〇]　方校：「案：『菫』譌『莖』，據二徐本正，《類篇》作『菫』。注『急』當从《廣韻》作『慧』。」按：明州本、潭州本、金州本、毛鈔、錢鈔注「莖」字作「菫」。陳校、龐校、錢氏父子校同。

[八一]　毛鈔注「穀」字作「穀」。龐校、錢振常校同。

[八二]　明州本、毛鈔、錢鈔此字併注在「汲」上「級」下。段校、韓校、陸校、龐校、莫校、錢振常校同。馬校：「此字併注宋本在『級』下，局在訖立切之末。」方校：「案：宋本在『級』下『汲』上。」

[八三]　明州本、金州本、毛鈔、錢鈔注「弓」字作「弖」。韓校、龐校、錢振常校同。丁校作「弖」。方校：「案：『弓』當从宋本及《説文》作『弖』。『蓮』當作『蓮』，『乀』當作『乁』。竝據二徐本正。」

[八四]　明州本、潭州本、金州本、毛鈔、錢鈔注「乀」字作「乁」。馬校：「『乁』，局作『乀』。注同。」

[八五]　明州本、錢鈔注「牡」字作「壯」。錢氏父子校同。誤。潭州本、金州本、毛鈔作「牡」。與《廣雅・釋言》同。

[八六]　丁校據《類篇》「負」作「負」。按：明州本、潭州本、金州本、毛鈔、錢鈔注「負」正作作「負」。韓校、陳校、顧校、陸校、龐校、莫校、錢氏父子校同。馬校：「『負』，局誤『負』。」

[八七]　方校：「案：此係『从及』二字誤併作『笈』。」按：明州本、毛鈔、錢鈔注「笈」字正作「从及」。段校、陳校、顧校、龐校、錢氏父子校同。馬校：「『从及』二字局刻誤爲『笈』字。」呂校：「宜作『从及』二字。」黄彭年校：「彭年案：依段校增『从』字，則『笈』宜去竹，否則从呂校是也。」

[八八]　方校：「案：《説文》下有『从卩』二字。」

[八九]　方校：「案：『抒』譌『抒』，據二徐本正。」按：明州本、毛鈔、錢鈔注「抒」字正作「抒」。余校、韓校、陳校、顧校、龐校、錢氏父子校同。馬校：「注『抒』，局誤『抒』。」

[九〇]　丁校據《類篇》「唈」作「邑」。按：明州本、潭州本、金州本、毛鈔、錢鈔注「唈囁」作「邑囁」。韓校、陳校、龐校、錢氏父子校同。方校：「案：『邑囁』譌『唈囁』，據宋本及《類篇》正。」

[九一]　明州本、潭州本、金州本、毛鈔、錢鈔注「嬙」字作「嬙」。段校、韓校、陳校、陸校、龐校、錢氏父子校同。馬校：「『嬙』，局作『嬙』，不成字。」方校：「案：『嬙』譌『嬙』，據宋本及《類篇》正。」呂校：「宜作『嬙』。」蓋以意爲之。

[九二]　明州本、錢鈔注「魚」字作「黑」。龐校同。非。潭州本、金州本、毛鈔作「魚」。與《類篇》合。

[九三]　陳校：「『牡』當作『壯』。」按：明州本、毛鈔、錢鈔注「牡」字正作「壯」。段校、陸校、龐校、錢氏父子校同。馬校：「注『壯』，局誤『牡』。」

[九四]　方校：「案：『喦』見《説文・品部》，从三『口』相連，與《山部》『喦』字上从『品』，下从『山』，音巖者不同。」

[九五]　明州本注「穀」字俱作「穀」。龐校同。

[九六]　陳校：「『鴔』作『鴔』，同。」方校：「案：『鴔』，《廣韻》正文作『鴔』，非。據字當作『鴔』。」

二十七合

[一]　陳校「也」上補「耕」字。方校：「案：『也』上奪『耕』字，據《廣雅・釋地》補。」

[二] 顧校注「祭」字作「祭」。

[三] 陳校：「『𠚍』，一作『𠚍』，音丙。『𠚍』，音齊，又音泰。」方校：案：「『𠚍』，《類篇》同，入《刀部》。《列子·周穆王篇》作『𠚍』，『𠚍𠚍』，即泰丙也。本書『𠚍』音齊，『𠚍』音合，吴氏《别雅》已斥其非矣。」按：《列子·周穆王》：「主車則造父爲御，𠚍𠚍爲右。」張注：「𠚍𠚍，上齊下合。此古字，未審。」殷敬順釋文「𠚍」作「䶒」。云：「『䶒』音泰，篆作『𠚍』。『𠚍』，音丙，石經作『𠚍』，《字林云隱》作『𠚍』。本作『𠚍𠚍』，音上齊下合，於義無取焉。」孫詒讓《札迻》卷五：「『齊』，當作『𠚍』，上從大從𠬶，與『齊』字上半形近；下從水而變爲『合』，則失之遠矣！殷云篆作『𠚍』，亦傳寫之誤。張注舊本當與《釋文》同，故注云『上齊下合』。此注本當箸『䶒』下，謂其字上從『齊』，下從『合』。古字書無此文，形聲皆不可說，故云未審。蓋張、殷本雖譌『𠚍』爲『䶒』，而音泰則自不誤。『上齊下合』之云，自專釋『䶒』字之形，本與音不相涉，與『𠚍』字尤不相涉也。自別本譌『䶒』爲『𠚍』（原注：上『齊』變爲『𠚍』，下『合』變爲『𠚍』），既失其齊合之形而孤存此注，又誤移箸於『𠚍』字下，讀者不見故書，無從索解，遂以其釋『䶒』字之形者析而爲『𠚍』、『𠚍』二字之音。其誤始於《釋文》引或本（原注：殷本『䶒』字尚未譌，疑不當絶無辯正，或《釋文》此條爲陳景元所增竄與），而丁度《集韻》、韓道昭《五音集韻》並襲其説，於齊紐收『𠚍』字，合紐收『𠚍』字。蓋古書之重惟貤繆、失其本始有如是者。」

[四] 明州本、潭州本、金州本、毛鈔、錢鈔注「欣」字作「欥」。韓校、龐校、錢氏父子校同。段校：「宋作『欥』。」陳校：「从『只』。」馬校：「宋作『欥』，局作『欣』，均誤，字當作『欥』。」

[五] 明州本、錢鈔注「瘢」字作「度」。錢校同。

[六] 毛鈔「居」字作「居」。段校、韓校、陸校、龐校、錢氏父子校同。方校：「案：『居』譌『居』，據宋本及二徐本正。『居』从户，劫省聲。」明州本、錢鈔作「屋」。

[七] 馬校：「案：《釋山》：『左右有岸，厒。』釋文口閤反。《玉篇》口合切。其字不當从缶。《江賦》曰：『鼓厒窟以漰渤。』李注云厒口閤反，則古字作『厒』矣。《廣韻》作『𡋬』，疑當作『𠫎』，『厒』爲『厒』之譌，『𠫎』又『厒』之譌。劉台拱曰當作『㚘』。『㚘』，古文法字，《玉篇》本《説文》也。」

[八] 陳校：「『𢫬』，《類篇》作『壓』。」按：明州本、潭州本、金州本、毛鈔、錢鈔注「𢫬」字作「壓」。余校、段校、韓校、龐校、錢氏父子校同。馬校：「『壓』，局作『𢫬』。」方校：「案：『壓』譌『𢫬』，據宋本及《類篇》正。」

[九] 方校：「案：『謡』譌『誑』，據《類篇》及注文正。」按：明州本、潭州本、金州本、毛鈔、錢鈔「誑」字正作「謡」。顧校、龐校、錢氏父子校同。

[一〇] 丁校據《廣雅》作「鋌」。方校：「案：『鋌』譌『鋌』，據《廣雅·釋器下》正。」按：明州本、錢鈔注「鋌」字正作「鋌」。陳校、龐校、錢氏父子校同。

[一一] 陳校：「入《盍韻》，苦盍切。」

[一二] 方校：「案：『痊』，《類篇》同。《玉篇》作『瘩』，亦訓病寒。《廣韻》呼合、五合二切竝收『瘩』字，當據正。」

[一三] 方校：「案：『頜』譌『頜』，據《廣韻》正。『傍』當从《類篇》作『旁』。」按：明州本、潭州本、金州本、毛鈔、錢鈔「頜」字正作「頜」。龐校、錢振常校同。陳校：「从『合』。」

[一四] 明州本、毛鈔、錢鈔注「鋌」字作「鋌」。龐校、錢氏父子校同。

[一五] 方校：「案：二徐本『一曰』作『又云』。」

[一六] 明州本、錢鈔注「遏」字作「遏」。錢振常校同。

[一七] 明州本、毛鈔注「趀」字作「趀」。段校、韓校、龐校、錢氏父子校同。馬校：「『趀』，局誤『趀』。」方校：「案：『趀』譌『趀』，據宋本及《類篇》正。」錢鈔誤作「赶」。

[一八] 陳校：「《説文》作『㬎』。」方校：「案：正文『㬎』，注文『絲』，當从《説文》作『㬎』、『絲』。」

[一九] 陸校「从」作「以」。馬校同。丁校據《説文》「从」作「以」。龐校：「『从』疑作『以』。」方校：「案：『或』下『从』字當改『以』。」

[二〇] 丁校據《莊子》「㚢」作「㚢」。按：明州本、毛鈔、錢鈔注「㚢」字作「㚢」。段校、韓校、陳校、陸校、龐校、錢氏父子校同。馬校：「『㚢』，局誤『㚢』。」方校：「案：『㚢』譌『㚢』，據宋本及《莊子·天地篇》正。」

[二一] 余校：「案：『俠』，當作『侯』。」丁校據《漢書》「俠」字作「侯」。按：明州本、毛鈔、錢鈔注「俠」字正作「侯」。韓校、陳校、顧校、陸校、龐校、錢氏父子校同。馬校：「『侯』，局誤『俠』。」方校：「案：『侯』譌『俠』，據宋本正。《漢書·孝武功臣表》有濕陰定侯昆邪。」潭州本、金州本作「侯」。

[二二] 陳校：「又入《盍韻》，鞁鞋。」按：曹本注「文」字作「乂」，故陸校改「文」。

[二三] 方校：「案：《釋器》作『扱衽謂之襭』。邵氏云：《説文》所引葢所見《爾雅》異本。」

[二四] 方校：「案：『卉』譌『卉』，據《説文》及《類篇》正。」按：明州本、毛鈔、錢鈔「卉」字正作「卉」。段校、龐校、錢氏父子校同。

[二五] 曹本脱「一」字，故陸校云「缺『一』」字。按：顧氏重修本已補。

[二六] 方校：「案：『之』當从《説文》作『㞢』。」

[二七] 明州本、潭州本、金州本、錢鈔注「迹」字作「迒」。顧校、錢校同。馬校：「局誤『迹』，其大字作『迒』。」

[二八] 明州本、錢鈔「嚌」字作「嚌」。潭州本、金州本作「嚌」。

[二九] 潭州本、金州本、錢鈔「䂿」字作「䂿」。錢振常校同。明州本、錢鈔作「䂿」。

[三〇] 陳校：「當入《洽韻》，側洽切。」

[三一] 明州本、錢鈔注「昨」字作「昨」，錢振常校同。誤。潭州本、金州本、毛鈔作「昨」。

[三二] 方校：「案：『蹭』譌『蹭』，據《廣韻》正。」按：潭州本、金州本「蹭」字正作「蹭」。錢振常校同。明州本、錢鈔作「蹭」。

[三三] 潭州本、金州本「鄱」字作「鄱」。顧校同。馬校：「『鄱』，局作『鄱』，俗。」明州本、錢鈔作「鄱」。

[三四] 陳校「貝」下補「丘」字。丁校據《廣韻》「貝」下補「丘」字。方校：「案：『貝』下奪『丘』字，據《廣韻》補。」

[三五] 方校：「案：『溼』譌『濕』。據《類篇》正。」

[三六] 明州本、錢鈔「搭」字作「㨖」。龐校、錢氏父子校同。

[三七] 方校：「案：《類篇》同。《韻會》『擊』作『繫』，非。《廣韻》作『搭』，訓打。」

校記卷十 二十七合 二九二二

集韻校本 二九二三

[三八] 陳校：「『褡』入《盍韻》。」

[三九] 明州本、金州本、毛鈔、錢鈔注「大」字作「犬」。韓校、龐校、錢氏父子校同。方校：「案：宋本『大』作『犬』，似誤。《類篇·耳部》此字失收。」

[四〇] 明州本、金州本、毛鈔注「託」字作「託」。余校、韓校、陳校、顧校、陸校、丁校、龐校、錢氏父子校同。馬校：「『託』，局作『託』，不成字。」方校：「案：『託』譌从毛，據宋本及《類篇》、《韻會》正。又『冒』譌『冐』，毛刻同，據小徐本正。」

[四一] 陳校：「『搭』入《盍韻》，吐盍切。」

[四二] 陳校：「『塔』入《盍韻》，浮圖也。」

[四三] 陳校：「『服』，《説文》作『伏』。」

[四四] 方校：「案：『似』上大徐本有『果』字，小徐本有『木』字。」

[四五] 按：《顏氏家訓·書證篇》：「《晉中興書》曰：『太山羊曼，常穨縱任俠，飲酒誕節，兖州號爲䶗伯。』此字皆無音訓，梁孝元帝常謂吾曰：『由來不識，唯張簡憲見教，呼爲嚃羹之嚃。自爾便遵承之，亦不知所出。』簡憲是湘州刺史張纘謚也，江南號爲碩學。案：法盛世代殊近，當是耆老相傳。俗間又有『䶗䶗』語，蓋無所不施，無所不容之意也。顧野王《玉篇》誤爲『黑』旁『沓』。顧雖博物，猶出簡憲、孝元之下，而二人皆云『重』邊。吾所見數本，並無作『黑』者。重沓是多饒積厚之意，从『黑』更無義旨。」

[四六] 陳校：「『反』，《説文》作『及』。唐本《説文》注：言語相及。」

[四七] 陳校：「『狧』入《盍韻》，吐盍切。同『𦧇』。」方校：「案：『狧』从舌，不从舌，據《説文》正。」

[四八] 明州本、毛鈔、錢鈔注「篸」字作「篸」。錢振常校同。

[四九] 方校：「案：許書『曰』作『云』。」

[五〇] 丁校據《爾雅》「桂」改「柱」。按：明州本、金州本、毛鈔注「桂」字正作「柱」。段校、韓校、陳校、陸校、龐校、錢氏父子校同。馬校：「『柱』，局誤『桂』。」方校：「案：『柱』譌『桂』，據宋本及《類篇》正。」

[五一] 某氏校：「『沓』下从曰不从日，凡偏旁从『沓』者放此。」

[五二] 陳校：「『嗒』入《盍韻》，嗒然，忘懷也。」

[五三] 陳校：「《廣韻》作『䃥』，同『猹』。」

[五四] 陳校：「『𩏪』入《盍韻》，吐盍切。《韻會》作『闒』。」

[五五] 明州本、毛鈔、錢鈔注上「从」字作「以」。馬校：「『以』，宋誤，局作『从』。」

[五六] 明州本、毛鈔、錢鈔「黮」字作「黭」。龐校、錢氏父子校同。

[五七] 丁校據《説文》「湖」改「朔」。按：明州本、毛鈔、錢鈔注「湖」字正作「朔」。段校、陳校、陸校、龐校、錢氏父子校同。馬校：「『朔』，局誤『湖』。」方校：「案：『朔』譌『湖』，據宋本及二徐本正。」按：潭州本、金州本注作「𦚏」，「朔」之別體也。

[五八] 明州本、毛鈔、錢鈔注「莅」字作「菈」。段校、韓校、陳校、陸校、龐校、錢校同。馬校：「『菈』，局作『莅』，不成字。」方校：「案：『菈』譌『莅』，據宋本及《方言》三正。」按：潭州本、金州本注作「䓞」。

[五九] 陳校：「『䕼』、『鶗』入《盍韻》，徒盍切。」按：明州本、潭州本、金州本、毛鈔、錢鈔「鶗」字作「鶗」。

[六〇] 明州本、潭州本、金州本、毛鈔、錢鈔「歜」字作「歜」。龐校、錢校同。

[六一] 方校：「案：『牴』譌从手，《類篇》同。據《玉篇》正。」

[六二] 陳校：「『䶀』入《盍韻》，同『䶀』。」

[六三] 方校：「案：《廣雅·釋詁一》：『㛺、嬈、朎、㷊、㥏、㥀、䩲，弱也。』此作『䩲』，俗。又今本『㛺』下七字誤在『弱也』二字下，遂與下條『欲』、『羡』等八字皆訓爲欲，誤。」

[六四] 明州本、潭州本、金州本、毛鈔、錢鈔注「始」字作「始」。余校、韓校、陳校、陸校、龐校、錢氏父子校同。馬校：「『始』，局誤『始』。」方校：「案：『始』譌『始』，據宋本及《廣韻》正。『聚』亦當从《廣韻》作『聚』。」

[六五] 潭州本、金州本、毛鈔注「䭔」字作「䭔」。龐校、錢振常校同。

[六六] 陳校：「『䲚』省作『魶』，同。」

二十八盇

[一] 顧校作「盇」。方校：「案：汲古本《説文·血部》『盇』从血、大，此上从太，非。」

[二] 潭州本、金州本、毛鈔注「楆」字作「榱」。段校、韓校、陸校、龐校、錢氏父子校同。馬校：「『榱』，局誤『楆』。」方校：「案：『䉤』譌『楆』，據《廣雅·釋器下》正。宋本作『榱』。」

[三] 方校：「案：『而長』之『而』譌『者』，『孔』下奪『者』字。據《方言》九補正。《類篇》并誤奪『孔』字。」

[四] 明州本注「㖒」字作「㖒」。龐校、錢氏父子校同。

[五] 明州本、毛鈔注「蹹」字作「踏」。顧校、陸校、莫校、錢振常校同。

[六] 明州本、潭州本、金州本、毛鈔、錢鈔「䗫」字作「䗫」。龐校、錢振常校同。

[七] 明州本、金州本、毛鈔、錢鈔注「壼」字作「壺」。

[八] 方校：「案：『鼓』譌『鼓』，注『敲』譌『敲』，據《類篇》正。」按：明州本、毛鈔「鼓」字正作「鼓」，注「敲」字正作「敲」。龐校、錢校同。

[九] 明州本、潭州本、金州本、錢鈔注「穴」字作「穴」。錢振常校同。

[一〇] 陳校：「『溘』、『殟』、『盍』三字入《合韻》口嗒切。」方校：「案：此係新坿字。」

[一一] 陳校：「《博雅》作『溘』。」方校：「案：王本《廣雅·釋詁四》『㵊』作『溘』，據《一切經音義》十九所引訂正。」

[一二] 陳校：「『瘟』入《合韻》，烏合切，短氣也。《説文》烏盍切，跛病也，入《盍韻》。」

[一三] 丁校《方言》作「鉀」。按：明州本、潭州本、金州本、毛鈔、錢鈔注「鉀」字作「鉀」。段校、陳校、陸校、龐校、錢氏父子校

同。馬校：「注『鉀』，局誤『鉀』。」

[一四] 陳校：「『搕』入《合韻》，烏合切。又搕搕，糞也。」

[一五] 陳校：「『匎』入《合韻》，烏合切。『韽』入《合韻》，烏合切。調色晝繪也。」

[一六] 明州本、潭州本、金州本、毛鈔、錢鈔注「宂」字作「穴」。龐校同。陳校：「《玉篇》、《廣韻》竝从宀，山旁穴。」

[一七] 明州本、毛鈔、錢鈔注「木」字作「太」。余校、段校、陳校、丁校、龐校、錢氏父子校同。馬校：「『太』，局誤『木』。『盍』上少點。轄獵切。《太玄》：『盍其缺。』」呂校：「宜作『太』。」

[一八] 陳校：「重出，見上。」

[一九] 陳校：「『礏』入《合韻》五合切。」明州本、潭州本、金州本、毛鈔、錢鈔「礏」、「嵘」作「礏」、「嵘」。陳校、龐校、錢氏父子校同。馬校：「『礏』，局作『礏』，不成字。」

[二〇] 明州本、錢鈔「[illegible]」字作「[illegible]」。龐校、錢氏父子校同。潭州本、金州本作「[illegible]」。

[二一] 錢鈔注「悉」字作「釆」，是壞字。

[二二] 明州本、毛鈔、錢鈔「嗑」字作「嗱」。陳校、龐校、錢振常校同。

[二三] 陳校：「『㪉』，起也。當从攴。」按：明州本、潭州本、金州本、錢鈔「㪉」字作「㪉」。錢振常校同。

[二四] 明州本、毛鈔、錢鈔「卅」字作「卌」。錢振常校同。

[二五] 明州本、錢鈔注「弦」字作「胘」。余校、段校、韓校、陸校、龐校、錢氏父子校同。馬校：「『胘』，局誤『弦』。」

[二六] 余校作「垂」。

[二七] 余校作「謹」。

[二八] 丁校據《廣韻》「皶」作「皶」。按：明州本、潭州本、金州本、毛鈔、錢鈔「皶脂」作「皶脂」。陳校、龐校、錢校同。段校作「皶」。陸校同。

[二九] 余校「文」下增「下平缶」三字。方校：「案：《説文》『㕼』作『㕼』，注下平缶也。其訓『瓨』者乃『缸』字，从缶，工聲。今正。」按：明州本、潭州本、金州本、錢鈔「㕼」字正作「㕼」。龐校、錢振常校同。

[三〇] 方校：「案：『㬥』上从曰不从日，凡从『㬥』者放此。」

[三一] 方校：「案：此係新坿字。」

[三二] 段校：「『魼』不當託盍切。」

[三三] 方校：「案：『鰪』，《類篇》同，二徐本及段校本只作『虛』。」

[三四] 方校：「案：『溼』譌『濕』，據《玉篇》正。」

[三五] 明州本、潭州本、金州本、毛鈔、錢鈔「蹋」字作「蹹」。龐校、錢氏父子校同。馬校：「『蹹』，局誤『蹋』。」方校：「案：『蹹』譌『蹋』，據宋本及注文正。」

[三六] 方校：「案：『上』，《韻會》作『土』，今據《漢書・地理志》犍爲郡漢陽縣注改『山』。」按：明州本、錢鈔注「上」字作「土」。龐校、錢振常校同。毛鈔原作「土」，白塗未補。

[三七] 陳校：「『蠟』俗作『蠟』。」

[三八] 方校：「案：『皶』譌『皶』，據《篇韻》正。」按：明州本、金州本、毛鈔注「皶」字正作「皶」。陳校、龐校、錢氏父子校同。

[三九] 陳校：「鸓鶔，初飛皃。《廣韻》入《合韻》，音拉。」

[四〇] 陳校：「『紛』，《類篇》作『絲』。」

[四一] 明州本、錢鈔注「諸」字作「玉」。錢校同。誤。潭州本、金州本作「諸」。

二十九葉

[一] 明州本、潭州本、金州本、毛鈔、錢鈔注「革」字作「華」。余校、段校、韓校、陳校、陸校、龐校、錢氏父子校同。馬校：

「『華』，局誤『革』。」方校：「案：『華』譌『革』，據宋本及二徐本正。」

[二] 方校：「案：『柶』譌『栖』，據《廣韻》正。」按：明州本、金州本、毛鈔、錢鈔注「栖」字正作「柶」。陳校、陸校、龐校、錢氏父子校同。馬校：「『柶』，局誤『栖』。」

[三] 陳校：「《篇海》作『鏶』。」

[四] 明州本、毛鈔、錢鈔「醫」字作「醫」。馬校：「『醫』，局作『醫』。」

[五] 明州本、錢鈔注「嗤」字作「逵」。龐校同。按：字當作「嗤」。

[六] 方校：「案：『曙』譌『曙』，據大徐本正，段氏从小徐本作『曑』。」毛鈔正作「曙」。段校、顧校、陸校同。陳校：「『曙』，《説文》从日不从目。」馬校：「『曙』，局誤从目。」

[七] 明州本、錢鈔注「畝」字作「畞」。龐校同。

[八] 方校：「案：『瘞』譌『瘞』，據《廣韻》、《類篇》正。」按：陳校「瘞」字作「瘞」。龐校、錢氏父子校同。

[九] 明州本、毛鈔、錢鈔「緻」字作「緻」。龐校同。

[一〇] 方校：「案：《廣雅・釋詁二》無『補』字。」

[一一] 按：《業韻》極業切「吸」字注云：「日乾也。」此疑脱「日」字。

[一二] 明州本、毛鈔、錢鈔「緻」字作「緻」。龐校同。

[一三] 按：《緝韻》乙及切「裛」字注云：「香襲衣也。」此「香」字下疑有脱文。

[一四] 方校：「案：『旃』譌『旃』，據《類篇》正。」按：明州本、毛鈔、錢鈔「旃」字正作「旃」。陳校、龐校同。馬校：「『旃』，局作『旃』。」呂校：「宜从『囟』。」

[一五] 明州本、錢鈔注「冏」字作「商」。龐校同。潭州本、金州本、毛鈔注作「冏」。錢振常校同。

[一六] 丁校據《説文》改「辛」。方校：「案：『辛』譌『辛』。據《説文》三篇《辛部》正。『聘』，宋本同，二徐本及《類篇》竝作『娉』。」按：明州本、錢鈔注「辛」字正作「辛」。龐校、錢氏父子校同。陳校：「『辛』當作『辛』，音愆。」

[一七] 明州本、金州本、錢鈔注「一」字作「二」。龐校、錢校同。

[一八] 丁校據《廣韻》改「臬」爲「臿」。方校：「案：『臿』譌『臬』，據《廣韻》、《類篇》正。」

[一九] 方校：「案：『土』譌『上』，據《廣韻》改。」按：曹本如此，顧氏重修本已改。

[二〇] 明州本、毛鈔、錢鈔「插」字作「插」，注同。段校、龐校、錢校同。

[二一] 丁校：「《四庫考證》：『案：《廣雅・釋器上》云：幭帑謂之幧。帕頭，帑也。《玉篇》于幧字下注云：幭，面衣也。于帑字下注云：幧頭也。自《廣韻》誤讀《廣雅》，以帕字連幧字爲句，而《集韻》因之，遂并以幧爲幧頭，不知《廣雅》所云本于《方言》帞頭帑也之句。今若以幧頭解幧字，則《廣雅》下文帑也二字殊無箸落，此書前後所引俱誤。』」方校同。

[二二] 余校「色」作「也」。韓校同。按：《類篇・黑部》無「也」字。

[二三] 董校：「『臘』當作『曬』，从日不从月。」方校：「案：『曬』譌『臘』，據《玉篇》正。」

[二四] 明州本、潭州本、金州本、毛鈔、錢鈔注無「也」字。陸校：「下衍『也』字。」龐校同。

[二五] 陳校：「『綾』，《篇海》又作『綷』，同。當作『綷』，見《玉篇》。」

[二六] 明州本、毛鈔、錢鈔注「邈」字作「旁」。龐校、錢振常校同。

[二七] 段校：「宋本从『翟』。」陳校：「《類篇》作『翟』，从習。」馬校：「『翟』當爲『翟』，宋亦誤。」

[二八] 明州本、金州本、毛鈔、錢鈔注「仔」字作「伃」。余校、韓校、陳校、陸校、龐校、錢氏父子校同。馬校：「『伃』，局誤『仔』。」方校：「案：『伃』譌『仔』，據宋本及《漢書・昭帝紀》正。」

[二九] 明州本、錢鈔注「曬」字作「臘」。龐校同。誤。潭州本、金州本、毛鈔作「曬」。

[三〇] 方校：「案：《廣雅・釋詁一》作『倢』，訓疾。《釋詁三》作『倢』，訓次。」

[三一] 潭州本、金州本注「兒」字作「入」。誤。明州本、毛鈔、錢鈔注作「兒」。

[三二] 潭州本、金州本注「晝」字作「畫」，錢鈔作「書」，俱誤。明州本、毛鈔作「晝」。

[三三] 明州本、錢鈔注「假」字作「假」。段校、龐校同。

〔三四〕段校作「謀」。馬校：「注『謀』，局誤『謀』，其大字作『謀』。」方校：「案：『謀』譌『謀』，據本文正。」

〔三五〕明州本、毛鈔、錢鈔注「糸」字作「系」。陳校、龐校、錢校同。

〔三六〕方校：「案：『歛』譌从欠，據《類篇》正。」按：明州本、毛鈔、錢鈔注「歛」字正作「斂」。龐校、錢校同。

〔三七〕錢振常校：「『畝』皆从亩。」

〔三八〕陳校：「『雯』、『蓮』、『箽』、『畝』四字並又所治切。」

〔三九〕汪校作「瑞」云：「以意改。」方校：「案：『瑞』譌『端』，據《廣韻》正。」按：明州本、毛鈔、錢鈔注「端」字正作「瑞」。余校、段校、韓校、陳校、陸校、龐校、錢氏父子校同。馬校：「『瑞』，局誤『端』。」

〔四〇〕陳校：「又見上，亦當併。」方校：「案：『欧』字重出，或當作『欶』。後《三十帖》詰叶切『欶』注云：『羨欲也。』」

〔四一〕段校作「亩」。

〔四二〕段校作「揚」。陳校同。馬校：「『楊』當爲『揚』，宋亦誤。」方校：「案：『揚』譌『楊』，據《類篇》正。」

〔四三〕明州本、錢鈔注「詁」字作「呫」，「讘」字作「囁」。龐校同。

〔四四〕方校：「案：《玉篇》：『婆，失冉切。不媚也。前却婆婆然也。』『婆，充陟切。女子態。』《廣韻》并之云：『女子態。又前却陝媚也。』『陝媚』費解，當作『不媚』。」

〔四五〕方校：「案：『彙』譌『聶』，據《廣韻》正。」

〔四六〕鈕樹玉《說文校錄》：「《一切經音義》卷十九引作『失氣也。一曰言不止也』。李注《文選・東都賦》引作『失氣也』。《玉篇》訓言不止也。與所引并合。後人妄以『言』字移在上，遂不可通。」

〔四七〕丁校據《類篇》改「甄」。按：明州本、潭州本、金州本、毛鈔、錢鈔「瓪」字作「甄」，注「土」作「土」。龐校、錢振常校同。呂校：「从瓦。作土。」方校：「案：『甄』譌『瓪』，據《類篇》正。注『土』譌『士』，據宋本正。」

〔四八〕明州本、毛鈔、錢鈔注「胥」字作「宵」。韓校、陳校、龐校、錢氏父子校同。呂校：「宜作『宵』。」方校：「案：『宵』譌『胥』，據宋本及《爾雅・釋木》正。」

〔四九〕明州本、錢鈔注「𢷎」字作「攝」。余校、陸校、龐校、錢氏父子校同。陳校：「時攝切，禪母。實攝切，牀母，非。」

〔五〇〕明州本、潭州本、金州本、毛鈔、錢鈔注「屬」字作「厲」，「萝」作「萝」。龐校、錢氏父子校同。陳校：「『屬』作『厲』。」丁校據《說文》作「厲」。方校：「案：『厲』譌『屬』，『萝』正文譌『萝』，注譌『萝』。」

〔五一〕明州本、毛鈔注「升」字作「外」。錢振常校同。

〔五二〕方校：「案：『邑』譌『邑』，據《說文》正。」

〔五三〕明州本、潭州本、金州本、毛鈔、錢鈔注「詁」字作「詁」。陳校、龐校、錢校同。又明州本、毛鈔、錢鈔注「一」字作「三」。韓校、陸校、龐校、錢校同。馬校：「『三』，局誤『一』。」

〔五四〕丁校據《類篇》「内」改「肉」。按：明州本、潭州本、金州本、毛鈔、錢鈔注「内」字正作「肉」。陸校、龐校、錢氏父子校同。馬校：「『肉』，局誤『内』。」方校：「案：『肉』譌『内』，據《類篇》正。」

〔五五〕明州本、潭州本、金州本、毛鈔、錢鈔「敁」字作「敁」。段校、龐校、錢校同。陳校：「从支。」馬校：「『敁』，局从支。」

〔五六〕丁校據《說文》「雨輯」作「兩輢」。按：明州本、潭州本、金州本、毛鈔、錢鈔注「雨輯」作「兩輢」。余校、段校、韓校、陳校、陸校、龐校、錢氏父子校同。馬校：「『兩輢』，局誤『雨輯』。」方校：「案：『兩輢』譌『雨輯』，據宋本及二徐本正。」

〔五七〕方校：「案：《廣韻》引《說文》『領耑』上有『衣』字。」按：《玉篇・巾部》亦有。

〔五八〕方校：「案：『千』譌『十』，據《類篇》及《漢書・貨殖傳》正。」按：明州本、金州本、錢鈔注「十」字作「千」。陸校、龐校、錢氏父子校同。馬校：「『千』，局誤『十』。」毛鈔原作「千」，白塗改「十」。

〔五九〕明州本注「姉」作「姉」。錢校同。

〔六〇〕方校：「案：『堞』，《廣雅・釋詁一》作『垤』，注『下』譌『益』，說已見前《二十六緝》直立切『垤』字下。」

〔六一〕陳校：「《類篇》作『𨂃』。」

〔六二〕明州本、錢鈔「鍤」字作「鍤」。龐校：「从『臿』之字同。」

〔六三〕丁校據《廣雅》作「簏」。按：明州本、金州本、毛鈔、錢鈔注「簏」字作「簏」。陳校、陸校、龐校、錢校同。馬校：

「『䉀』，局誤『䉀』。」方校：「案：『䉀』譌『䉀』，據《廣雅・釋器下》正。」

［六四］明州本、潭州本、金州本、毛鈔、錢鈔注「僕」字作「偞」。陳校、龐校、錢校同。

［六五］陳校：「『淪』，《博雅》从火。」方校：「案：《廣雅・釋詁》『淪』作『爚』，音義同。」按：《釋詁》在《釋詁二》。

［六六］明州本、毛鈔、錢鈔注「謂」字作「謟」。段校、韓校、陳校、陸校、龐校、錢校同。馬校：「注『謟』，局誤『謂』。」方校：「案：『謟』譌『謂』，據宋本及《玉篇》正。」

［六七］段校作「哂」。

［六八］丁校據《說文》作「囟」。方校：「案：『巤』譌『巤』，『囟』譌『囟』，據《說文・囟部》正。」按：明州本、金州本、毛鈔、錢鈔注「囟」字正作「囟」。余校、段校、韓校、陳校、陸校、龐校、錢氏父子校同。吕校：「宜作『匈』。」馬校：「『囟』，局作『囟』，不成字。」

［六九］明州本、潭州本、金州本、毛鈔、錢鈔注「髟鬣髩」作「髮鬣鬣」。余校、段校、韓校、陳校、陸校、龐校、錢氏父子校同。馬校：「『髮鬣鬣』，局誤作『髟鬣髩』三字。」方校：「案：『髮鬣鬣』譌『髟鬣髩』，據宋本及二徐本正。」

［七〇］余校「效」改「放」。丁校據《說文》作「放」。方校：「案：『效』，大徐本作『放』，小徐本作『攽』，《韻會》與此同，段氏謂當从《類篇》作『校』。」

［七一］明州本、毛鈔、錢鈔注「懠」字作「擠」。韓校、陳校、龐校、錢氏父子校同。馬校：「『擠』，局誤『懠』。」方校：「案：『擠』譌『懠』，據宋本及二徐本正。」

［七二］方校：「案：《顏氏家訓・勉學篇》：『䊕餘，聚名，在上艾。』」

［七三］明州本、錢鈔注「刃」字作「刄」。

［七四］明州本、毛鈔、錢鈔注「肥」字作「肥」。龐校、錢氏父子校同。

［七五］丁校據《廣韻》作「昵」。按：明州本、毛鈔、錢鈔注「眤」字正作「昵」。韓校、陳校、陸校、龐校、錢氏父子校同。段校作「昵輒」。馬校「『昵輒』局誤『眤輙』。」方校：「案：『昵輒』譌『眤輙』，據宋本及《類篇》、《韻會》正。」

［七六］段校「驚」作「鷩」。

［七七］潭州本、金州本、毛鈔注「笑」字作「犬」。韓校、陳校、龐校、錢振常校同。明州本、錢鈔作「大」。馬校：「『大』，宋誤，局作『笑』。」方校：「案：『大』譌『笑』，據二徐本正。宋本『大』作『犬』亦誤。」

［七八］丁校據《廣韻》作「煩」。方校：「案：『煩』譌『煗』，據《廣韻》、《韻會》正。」按：明州本、金州本、毛鈔、錢鈔注「煗」字作「煩」。段校、陳校、陸校、龐校、錢氏父子校同。馬校：「『煩』，局誤『煗』。」

［七九］余校：「『日』字疑誤。」董校同。丁校據《說文》作「目」。按：明州本、潭州本、金州本、毛鈔、錢鈔注「日」字正作「目」。陳校、陸校、龐校、錢振常校同。馬校：「『目』，局誤『日』。」方校：「案：『將目』譌『持日』據宋本及《說文》正。」

［八〇］丁校據《說文》作「又」。按：明州本、毛鈔、錢鈔注「人」字正作「又」。韓校、陳校、龐校、錢氏父子校同。馬校：「『又』，局誤『人』。」方校：「案：『聿』當作『肀』，注『又』譌『人』，據宋本及二徐本正。」

［八一］明州本、金州本、毛鈔、錢鈔「筆」字作「筆」，注「聿」字作「聿」。韓校、陳校、龐校、錢校同。馬校：「『筆』，原作『筆』，多一畫，注同。」方校：「案：『筆』當从《篇》、《韻》作『筆』，注中『聿』當作『肀』，宋本及《類篇》作『筆』、『聿』，亦通。」

［八二］丁校據《廣韻》「𣪊」作「𣪠」。按：明州本、潭州本、金州本、毛鈔、錢鈔注「𣪊」字正作「𣪠」。龐校、錢氏父子校同。又「𣪍」作「𣪍」。韓校、陳校、陸校、龐校、錢氏父子校同。馬校：「『𣪍』，局从支作『𣪍』；『𣪠』，局作『𣪊』，不成字。」方校：「案：『𣪍』譌『𣪍』，『𣪠』譌『𣪊』，據宋本及《篇》、《韻》正。」

［八三］明州本、毛鈔、錢鈔「疌」字作「疌」。陳校同。方校：「案：《說文》作『疌』，从止从又，入聲，隸當作『疌』，宋本作『疌』，《廣韻》作『疌』，竝非。」

［八四］方校：「案：『怗』，後《三十二洽》㵂洽、側洽二切均作『㑪』，《廣韻》側洽切同。惟叱涉切亦作『怗』，並訓小人皃。《類篇》作『㑪』，誤。」

［八五］陳校：「『偞』、『弽』、『䐑』三字入《帖韻》。」

［八六］陳校：「『斬』，《類篇》作『漸』。」按：明州本、潭州本、金州本、毛鈔、錢鈔注「斬」字作「漸」。段校、陸校、龐校、錢氏父子校同。馬校：「注『漸』，局誤『斬』。」

三十帖

［一］方校：「案：此係新坿字。」

［二］明州本、潭州本、金州本、毛鈔、錢鈔「麮」字作「䵂」。段校、韓校、陳校、陸校、龐校、錢氏父子校同。汪校从「占」。馬校：「局誤从古作『麮』。」方校：「案：『麮』譌从古，據宋本及《類篇》正。」

［三］馬校：「《廣韻》作『謦』，譌字也。」

［四］明州本、潭州本、金州本、毛鈔、錢鈔注「嘗」字作「甞」。龐校、錢校同。

［五］明州本、潭州本、金州本、毛鈔、錢鈔注「大」字作「犬」。段校、陳校、陸校、龐校、錢校同。馬校：「『犬』，局誤『大』。」又明州本、毛鈔、錢鈔注「舐」字作「䑛」。段校、陳校同。方校：「案：『碟』譌『碟』，『犬』譌『大』，『䑛』譌『舐』，據宋本及《類篇》正。《玉篇》：『碟，犬食也。』《廣韻》：『小舐曰碟。』此兼二義言之。」

［六］明州本、毛鈔、錢鈔注「稍」字作「裞」。韓校、陳校、龐校、錢氏父子校同。馬校：「『裞』，局誤『稍』。」吕校：「《方言》：『裞謂之褸。』《博雅》：『裞袥衽謂之褸。』今所引皆誤，又誤作『稍』。」

［七］明州本、毛鈔、錢鈔注「僂」字作「傻」。《類篇・人部》同。

［八］段校作「慺」。

［九］段校「樓」作「樓」。《類篇・木部》同。

［一〇］明州本、毛鈔、錢鈔注「蕈」字作「蕈」。龐校、錢校同。

［一一］明州本、毛鈔、錢鈔「屌」字作「屌」。馬校：「『屌』，局作『屌』，誤。」

［一二］方校：「案：『貼』譌『貼』，據《說文・耳部》正。『小耳垂』，二徐本及《類篇》竝作『小垂耳』。」按：明州本、潭州本、金州本、毛鈔、錢鈔「貼」字正作「貼」。錢校同。馬校：「局从目，誤。」吕校：「宜从耳。」沈濤《說文古本考》：「『貼，《玉篇》引作『小耳垂』，蓋古本如是。引《埤蒼》亦作『小耳垂』。」

［一三］丁校據《說文》「礼」作「札」。按：明州本、潭州本、金州本、毛鈔、錢鈔注「礼」字正作「札」。余校。陳校、龐校、莫校、錢氏父子校同。馬校：「『札』，局誤『礼』。」方校：「案：『札』譌『礼』，據宋本及二徐本正。」

［一四］方校：「案：『木』譌『禾』，據《類篇》正。」按：明州本、潭州本、金州本、毛鈔、錢鈔注「禾」字正作「木」。段校、陳校、陸校、龐校、錢氏父子校同。馬校：「『木』，局誤『禾』。」

［一五］丁校據《說文》「枝」作「板」。方校：「案：『板』譌『枝』，據《類篇》正。」按：明州本、潭州本、金州本、毛鈔、錢鈔注「枝」字正作「板」。余校、段校、陳校、陸校、龐校、錢氏父子校同。馬校：「『板』，局誤『枝』。」

［一六］明州本、錢鈔注「閉」下有「一」字。錢振常校同。龐校：「『閉』下有『一』字。」按：《類篇・木部》：「𣚍，火協切。閉一目。又音牒。」

［一七］明州本、潭州本、金州本、毛鈔、錢鈔注「揚」字作「楊」。段校、陸校、龐校同。與《說文》合。

［一八］毛鈔注「从」作「以」。馬校：「『疊』、『曡』俱从宜，有點，凡从『疊』之字宋皆無點。『以』，宋誤，局作『从』。」又：「漢末王莽改『晶』爲『畾』，則『疊』字久矣。」方校：「案：大徐本及《類篇》作从晶从宜，小徐及段校本『疊』作『曡』，『宜』作『冝』，『冝』上無『从』字，與本書同。」某氏校：「凡作『疊』者放此，但作『曡』亦通。」

［一九］潭州本、金州本注「絲」字作「絲」。《類篇・糸部》同。

［二〇］余校「垣」上增「女」字。明州本、毛鈔、錢鈔注「垣」上正有「女」字。韓校、陸校、龐校、錢氏父子校同。馬校：「『女』，局脱。」方校：「案：『垣』上奪『女』字，據宋本及二徐本補。」

［二一］丁校：「《漢書・地理志》『蓺』作『埶』。」方校：「案：『蓺』，《漢書・地理志》作『埶』。段氏曰：『此淺人所改，孟康

音重疊之疊，知《漢書》本不作墊江也。」」

[二二] 方校：「案：『襍』，段氏據《方言》、《廣雅》、《篇》、《韻》改『襍』。今二徐本篆文注文竝作『襍』，而云从衣，枼聲，則段校是也。」按：明州本、毛鈔、錢鈔注「襍」字作「襍」。陳校、錢校同。

[二三] 方校：「案：《廣雅・釋器下》未見，王氏據此及《類篇》補。」

[二四] 余校「鋌」作「鋌」。韓校同。疑誤。《文選・張景陽〈七命〉》：「銷踰羊頭，鍱越鍛成。」李注：「『鍱』，或謂爲『鏶』。《廣雅》曰：『鏶，鋌也。』」

[二五] 方校：「案：卷二《西山經》：『翠山出鸓鳥。』舊作『鸓』，畢氏據《玉篇》訂正。」

[二六] 董校：「『接』當作『椄』，从木不从扌也。」方校：「案：『椄』譌『接』，據《莊子・在宥篇》正。」按：明州本、毛鈔、錢鈔注「接」字正作「椄」。韓校、陳校、龐校、錢校同。

[二七] 明州本、錢鈔注「柃」字作「枷」。龐校同。

[二八] 明州本、毛鈔、錢鈔注「拴」字作「栓」。段校、韓校、陳校、陸校、龐校、錢校同。馬校：「局『栓』从扌。」方校：「案：『拴』當从宋本作『栓』。」

[二九] 陳校：「『甈』又入《葉韻》，力涉切。」

[三〇] 明州本、錢鈔注「瓦」皆作「瓦」。龐校：「『瓦』皆作『瓦』，下同。」

[三一] 陳校：「『𧿧』又入《葉韻》，力涉切。𧿧𧿷，行不正。」

[三二] 方校：「案：『㘓』，《廣韻》作『㘓』，《類篇》同，據此，則『讇』亦當作『讇』。」按：明州本、毛鈔、錢鈔「㘓」字正作「㘓」。陳校、龐校同。

[三三] 明州本、毛鈔、錢鈔「睞」字作「睞」。陳校、陸校、龐校、錢氏父子校同。馬校：「局誤『睞』。」方校：「案：『睞』譌从目，據宋本及《類篇》正。」

[三四] 余校作「笭」。韓校同。吕校：「宜作『笭』。」

[三五] 明州本、錢鈔注「竹」字作「作」。龐校、錢振常校同。誤。潭州本、金州本、毛鈔作「竹」。

[三六] 明州本、毛鈔、錢鈔此字併注在「篋」下「䉀」上。段校、龐校、錢氏父子校同。馬校：「此字併注宋本在『篋』下，局在力協切之末。」方校：「案：宋本在『甄』下『䉀』上。」按：方誤。

[三七] 方校：「案：『揑』譌『揑』，據《類篇》正。」

[三八] 方校：「案：『攝㩮』譌『攝㩮』，據《類篇》正。」按：明州本、毛鈔、錢鈔「攝㩮」正作「攝㩮」。龐校、錢氏父子校同。段校作「㩮」。陳校同。馬校：「凡从『尒』諸字，皆如此，局刻俱作『尔』。」

[三九] 方校：「案：『鉩』譌『鉩』，據《類篇》正。」按：明州本、毛鈔、錢鈔「鉩」字作「鉩」。段校、陳校、龐校同。

[四〇] 明州本、潭州本、金州本、毛鈔、錢鈔注「𠬢」字作「叙」。陳校、龐校、錢振常校同。馬校：「注『小𠬢』，局誤从又。」

[四一] 方校：「案：『餅』譌从金，據《類篇》正。」按：明州本、潭州本、金州本、毛鈔、錢鈔注「鉼」字作「餅」。余校、韓校、陳校、龐校、錢氏父子校同。

[四二] 明州本、毛鈔、錢鈔注「穽」字作「穽」。余校、韓校、陳校、龐校、錢氏父子校同。方校：「案：『穽』譌『穽』，據宋本及二徐本正。」

[四三] 方校：「案：『茶』譌『茶』，下『茶』譌『茶』。據《類篇》正。」按：明州本、毛鈔、錢鈔「茶」字正作「茶」。段校、陳校、龐校、錢校同。

[四四] 方校：「案：《廣雅・釋器上》本作『祐』。前去聲《卦》、《禡》等韻引皆譌『祮』，並當據此訂正。句讀誤，説已見前。」

[四五] 明州本、錢鈔「茶」字作「茶」，注同。段校、錢校同。

[四六] 方校：「案：舊本《山海經》三《北山經》『惟』作『雞』，『劦』作『颮』，畢氏皆以爲非，謂《説文》、《玉篇》引皆作『惟』，作『劦』。又『若』，《經》作『如』。」

[四七] 明州本、毛鈔、錢鈔「恊」字作「協」。韓校、錢校同。龐校云：「誤。」方校：「案：宋本『恊』譌『協』。」

[四八] 陳校：「『𩣡』作『𩣡』，同。」

[四九] 明州本、錢鈔注「束」字作「朿」。龐校同。誤。潭州本、金州本、《廣韻》注作「束」。

[五〇] 明州本、潭州本、金州本、毛鈔、錢鈔「鵊」字作「蛺」。韓校、龐校、錢氏父子校同。馬校：「局从虫，俗。」方校：「案：『蛺』譌『鵊』，據宋本正。」

[五一] 方校：「案：『恢』譌『俠』，據《類篇》及本文正。」按：明州本、潭州本、金州本、毛鈔、錢鈔注「俠」字正作「恢」。陳校、龐校、錢氏父子校同。

[五二] 段校：「宋本『燮』。」丁校據《説文韻譜》改「燮」。方校：「案：注『燮』譌『爕』，據《説文韻譜》正。」按：明州本、潭州本、金州本、毛鈔、錢鈔注「燮」字作「燮」。陳校、陸校、龐校、錢氏父子校同。依大徐本字當作「燮」。

[五三] 明州本、錢鈔注「熟」字作「孰」。韓校、龐校、錢校同。馬校：「『孰』，局作『熟』，俗字，下同。」方校：「案：二徐本『熟』作『熟』，據字當从宋本作『孰』。」

[五四] 明州本、潭州本、金州本、毛鈔、錢鈔注「嗟」字作「蜨」。韓校、陳校、龐校、錢校同。董校：「『嗟』，當作『蜨』。《博雅》見《釋蟲》，『蛈』字作『蛈』。」方校：「案：『蜨』譌从口，『蛈』譌从失，據宋本及《廣雅・釋蟲》正。」

[五五] 方校：「案：《廣韻》『治』作『洽』。」

[五六] 明州本、毛鈔注「治」字作「洽」。韓校、陳校、龐校、錢氏父子校同。馬校：「『洽』，局誤『治』。」又：明州本、金州本、毛鈔、錢鈔注「梜」字作「挾」。段校、韓校、陳校、陸校、龐校、錢校同。馬校：「『挾』，局誤从木作『梜』。」方校：「案：此係新坿字。『治』當从宋本、汲古本作『洽』，又『挾』譌『梜』，據宋本及《周禮・太宰》釋文正。」

[五七] 「戶」當作「户」。陳校：「户牒切見《釋文》，《爾雅》藏也。」按：見《爾雅・釋言》。

三十一業

[一] 方校：「案：《廣韻・三十三業》。」

[二] 方校：「案：二徐及段本『𤓰』作『𤓰』，『板』作『版』，『懸』作『縣』，『縱』作『樅』，今立據正。『鍾』，大徐本作『鐘』，此从小徐。『牒』，當作『牒』，正文作『牒』，亦誤。」按：明州本、潭州本、金州本、毛鈔、錢鈔「𤓰」字作「𤓰」。龐校、錢校同。龐校曰：「从『業』皆同。」又明州本、毛鈔、錢鈔注「縱」字作「樅」。段校、龐校、錢氏父子校同。馬校：「『樅』，局作『縱』。」又明州本、毛鈔注「牒」字作「牒」。陳校、龐校、錢氏父子校同。馬校：「局作『牒』，注同。」

[三] 明州本、毛鈔、錢鈔注「絿」字作「絿」。段校同。馬校：「『絿』，局作『絿』。」潭州本、金州本作「絿」。按：《廣雅・釋詁二》作「絿」。

[四] 龐校「凶」字作「凶」。錢振常校同。明州本、金州本注作「凶」。

[五] 邵瑛《説文羣經正字》：「今經典作『搚』。《公羊傳・莊元年》：『搚幹而殺之。』陸氏釋文作『拹』，此正字也。」

[六] 余校注「鮭」字作「魼」。韓校同。按：《山海經》卷一《南山經》：「柢山，多水，無草木。有魚焉，其狀如牛，陵居，蛇尾有翼，其羽在魼下，其音如留牛，其名曰鯥。」作「鯥」是。

[七] 明州本、錢鈔注「魼」字作「魼」。龐校、錢振常校同。余校作「脇」。韓校同。按：《山海經》卷一《南山經》郭璞注：「魼，亦作脅。」郝懿行箋疏：「《廣雅》：『胠，脅也。』經作『魼』者，蓋同聲假借字。」

[八] 明州本、錢鈔注「多」字作「气」。龐校、錢氏父子校同。

[九] 方校：「案：『腋』，大徐本作『亦』，古今字也，小徐本作『掖』。又『發』譌『法』，據《莊子・胠篋》音義正。」

[一〇] 按：《爾雅・釋山》：「左右有岸，厒。」王引之《經義述聞・爾雅》：「『厒』本作『厺』，从厂，去聲，非从缶聲。

［一二］段校作「畾」。陳校从「臼」。
［一三］方校：「案：『掐，爪也』見《文選・長笛賦》注引《埤蒼》。此注『抓』當作『抓』。」按：段校作「抓」。余校、韓校、陸校、龐校同。
［一四］按：曹本作「斗」，故陸校云：「改『斜』。」顧氏重修本已改。
［一五］明州本、錢鈔注「从」字作「作」。錢振常校同。
［一六］余校作「噍」。韓校同。馬校：「『唯』，宋本亦誤，《類篇》作『噍聲』。」方校：「案：『唯』當作『噍』。據《廣韻》、《類篇》正。」
［一七］方校：「案：『廅』譌从疒，據《太元經》正。」
［一八］陳校：「《玉篇》、《類篇》並作『㚌』。」按：明州本、毛鈔、錢鈔「姶」字作「㚌」。韓校、龐校、錢氏父子校同。毛鈔注「姑」字作「姑」。段校、韓校、陸校、龐校、錢氏父子校同。馬校：「『姑』，局作『姑』。」方校：「案：正文『㚌』譌『姶』，注文『姑』譌『姑』，據宋本及《類篇》正。」
［一九］馬校：「案：《說文・水部》『湆』，从水，音聲。『湇』，見《五經文字》，據許說，則『湇』爲『湆』之俗。《二十六緝》『湇』、『湆』並音泣。」
［二〇］馬校：「局誤『帢』。凡『市』宋如是作，局俱作『市』，中畫不連。」
［二一］方校：「案：《說文》『市』作『市』，今據正。『榼』當从小徐作『榼』。」按：明州本、毛鈔、錢鈔注「榼」字作「搕」。韓校、龐校、錢校同。
［二二］明州本、錢鈔注「司農」作「同慎」。錢振常校同。誤。潭州本、金州本、毛鈔注作「司農」，不誤。
［二三］陳校：「『韐』入《狎韻》，韐鞈，胡履。」
［二四］陳校：「『㰹』入《狎韻》，音甲。又入《帖韻》，同。筴箸。」
［二五］吕校：「宜作『冶』。」

［二六］陳校：「『厌』入《狎韻》，音甲。《玉篇》从广。」
［二七］陳校：「『㝔』，凹。按：『㝔』又音坳。又『宊』，同『凸』，徒結切。出《倉頡篇》。」
［二八］陳校：「『凹』，《玉篇》烏含切。按：當有一結切，失收。」
［二九］明州本、錢鈔「瘂」字作「痐」。龐校、錢振常校同。
［三〇］陳校：「『瘂』，《廣韻》入烏合、安盍二切。短氣也。」
［三一］陳校：「『屆』入《狎韻》，音翣。薄履也。」
［三二］明州本、錢鈔注「屆」字作「臿」。龐校、錢氏父子校同。
［三三］陳校：「『䞚』、『翜』入《狎韻》，音翣。」
［三四］陳校：「『颱』入《狎韻》，音翣。」
［三五］方校：「案：『臿』當作『臿』，『千』當作『干』。竝據大徐本正。『臿』，《班馬字類》引《漢書・溝洫志》作『臿』，今汲古本只作『臿』。」按：潭州本、金州本、毛鈔「臿」字正作「臿」。陳校、錢振常校同。馬校：「局作『臿』，非。」又毛鈔注「千」字作「干」。段校、陳校同。馬校：「『干』，局誤『千』。」明州本、錢鈔作「于」，誤。
［三六］方校：「案：『刺肉』，大徐本及《類篇》同。段氏从小徐本作『刺内』。又『捷』譌『㨗』，據《類篇》正。」按：明州本、潭州本、金州本、毛鈔、錢鈔注「㨗」字正作「捷」。段校、陳校、龐校、錢校同。馬校：「局从木，誤。其大字作『捷』。」
［三七］方校：「案：『膳』譌『臘』，據《玉篇》正。」按：明州本、毛鈔、錢鈔注「臘」字作「膳」。錢振常校同。
［三八］明州本、潭州本、金州本、毛鈔、錢鈔注「疾」字作「㪤」。余校、段校、汪校、韓校、陳校、陸校、龐校、錢氏父子校同。馬校：「『㪤』，局誤『疾』。」方校：「案：『㪤』譌『疾』，據宋本及《說文》正。」
［三九］明州本、毛鈔、錢鈔注「厨」字作「廚」。錢振常校同。
［四〇］陳校：「『蓬』本从筆，《玉篇》、《廣韻》並从筆已久，不必改从筆。」
［四一］明州本、潭州本、金州本、毛鈔、錢鈔注「二」字作「一」。段校、汪校、韓校、陸校、龐校、錢氏父子校同。馬校：「『一』，

局誤『二』。」方校：「案：『一』譌『二』，據宋本及《類篇》、《韻會》正。」

[四二] 陳校：「『瀹』，《博雅》从火，湯爍。」方校：「案：《廣雅·釋詁二》『瀹』作『爚』，音義同。」

[四三] 方校：「案：『剌箸』譌『剌著』，據《類篇》正。」按：明州本、毛鈔、錢鈔注「著」字正作「箸」。龐校、錢氏父子校同。

[四四] 明州本、潭州本、金州本「㢊」字作「㢊」。龐校、錢氏父子校同。按：《廣韻·三十一洽》作「㢊」。

[四五] 方校：「案：『溼』譌『濕』，據《類篇》正。」

[四六] 陳校：「『謹』，《類篇》作『勤』。」丁校據《類篇》「謹」字作「勤」。方校：「案：『勤』譌『謹』，據《類篇》正。」

[四七] 陳校：「『盦』，《廣韻》作『盦』，又音攙。盦盉之音和去聲，見《古雋》。」方校：「案：『盦』，《廣韻》作『盦』，《正字通》作『盦』，《類篇·皿部》作『盦』，今从《類篇》。」按：明州本、潭州本、金州本、毛鈔、錢鈔「盦」字正作「盦」。段校、龐校、錢校同。

[四八] 方校：「案：『囘』當从《類篇》及注文作『囘』，《類篇》『凹』、『囘』竝入《凵部》。」按：明州本、毛鈔、錢鈔「囘」字作「囘」。余校、段校、韓校、陳校、陸校、龐校、錢校同。馬校：「局誤『囘』，注作『囘』。」

[四九] 潭州本、金州本注「美」字作「羑」。

[五〇] 陳校：「『漚』當作『湿』，从水从日，耴聲。『湿涾』，日光照水影動皃。『涾』音臿。《玉篇》作『㬏』，同。『湿』同『澁』，見《乏韻》昵法切。」

[五一] 明州本、毛鈔注「一」下有「曰」字。龐校同。非。

[五二] 方校：「案：『毭』譌『毷』，據《篇》、《韻》正。」按：毛鈔「毷」字正作「毭」。段校、陳校、陸校、龐校、錢校同。明州本、潭州本、金州本、錢鈔作「毷」，亦誤。

三十三狎

[一] 方校：「案：《廣韻·三十二狎》。」

[二] 明州本、毛鈔、錢鈔「庘」字作「庘」。韓校、陳校、龐校、錢氏父子校同。方校：「案：『庘』譌『庘』，據宋本及《廣韻》正。」

[三] 陳校：「『鞞』，《廣韻》从革。鞞韘，何晏《景福殿賦》注：『鞞韘，花相次比皃。』」按：胡刻本《文選》从華，舊音胡甲。

[四] 陳校：「『隱』，《篇海》作『㶔』。」

[五] 陳校：「『空』，《説文》作『宜』。」丁校據《説文》「十」作「一」，「千」作「十」。方校：「案：『東』上二徐本有『位』字，《類篇》及段本無。『一曰』，大徐同，小徐作『大經』，段本『經』上增『一』字。『空』，大徐及《類篇》作『宜』。小徐作『㝉』，段本與此同。『空』、『腔』古今字。『始於一，見於十』，此本『一』譌『十』，『十』譌『千』，今竝訂正。」

[六] 方校：「案：《釋器上》未見。」陳校：「『裨』疑『襌』字之譌。《廣雅》：『襦謂之襌。』注：『脾、卑二音。』據此則此字當刪。」

[七] 明州本、毛鈔、錢鈔注「剌」字作「刺」。錢振常校同。

[八] 方校：「案：『鴠』，《廣雅·釋鳥》作『鴡』。」

[九] 方校：「案：『牨豕』，《類篇》同，《廣雅·釋獸》作『豕牨』。」

[一〇] 陳校：「『翪』、『篂』、『篓』、『蓮』、『霎』五字入《洽韻》，山洽切。」

[一一] 明州本、錢鈔注「篓」字作「霎」。龐校、錢振常校同。與《説文》異。

[一二] 陳校：「『徐』作『除』。」方校：「案：『除』譌『徐』，據二徐本正。」

[一三] 方校：「案：『浹』譌『浹』。據《廣韻》正。」按：明州本、毛鈔注「浹」字正作「浹」。段校、陳校、龐校、錢校同。馬校：

「『泱』，局誤『泱』。」

[一四]　陳校：「『鞢』，《廣韻》从革，見前『鞞』字上注。」

三十四乏

[一]　馬校：「案：篆作『乏』，隸變『乏』，失其形。」方校：「案：《説文》篆作『乏』，注與此同。」

[二]　陳校：「『貶』當从目旁。」

[三]　明州本、錢鈔注「乏」字作「之」。錢振常校同。非是。潭州本、金州本、毛鈔作「乏」。

[四]　明州本、錢鈔注「平」字作「予」。龐校、錢氏父子校同。非是。潭州本、金州本、毛鈔作「平」。

[五]　段校作「㺺」。馬校：「『㺺』，局誤『㺺』。下作『㹸㺺』。」方校：「案：『㺺』譌从取，據《廣韻》正。又《廣韻》『飛』下有『上』字。」

[六]　方校：「案：『昵』譌『眍』。據《類篇》正。」按：金州本注「眍」字正作「昵」。段校、陳校、陸校、錢振常校同，馬校：「『眍』當爲『昵』，宋亦誤。」

[七]　毛鈔、錢鈔注「恐」字作「恐」。當正。

[八]　陳校「下」作「于」。

各本「上煩」下均有脱文，惟金州本未脱，謹録如次：

聖聰親賜裁定。蓋見行《廣韻》、《韻略》所載踈漏，子注乖殊，宜弃乃留，當收復闕，一字兩出，數文同見，不詳本意，迷惑後生，欲乞朝廷差官重撰定《廣韻》，使知適從。詔祁、戩與國子監直講王洙同刊脩，刑部郎中知制誥丁度、禮部員外郎知制誥李淑詳定。又以都官員外郎崇政殿説書賈昌朝嘗纂《羣經音辨》，奏同刊脩。至寶元二年九月書成上之。

寶元二年九月十一日

延和殿

進呈奉

聖旨鏤版施行

校勘天平軍節度推官承奉郎試大理評事充國子監直講兼龔王潤王宮教授臣趙　師民

校勘朝奉郎秘書省著作佐郎充國子監直講兼蘇王宮伴讀武騎尉臣孫　錫

刊脩宣德郎守大理寺丞史館檢討兼國子監直講同知太常禮院臣王　洙

刊脩宣德郎守尚書刑部員外郎直史館同脩起居注判三司鹽鐵勾院上騎都尉賜緋魚袋臣宋　祁

刊脩朝奉郎尚書司封員外郎直集賢院兼天章閣侍講判太府寺同管勾國子監事輕車都尉賜緋魚袋臣賈　昌朝

刊脩龍圖閣直學士朝散大夫行起居舍人權知開封府兼畿内勸農使上騎都尉陽武縣開國男食邑三百户賜紫金魚袋臣鄭　戩

詳定翰林侍讀學士朝散大夫行尚書吏部員外郎史館脩撰充宗正寺脩玉牒官勾當三班院兼管勾祥源觀事輕車都尉平棘縣開國伯食邑八百户賜紫金魚袋臣李　淑

詳定翰林學士兼侍讀學士朝請大夫尚書左司郎中知制誥判秘閣兼判太常禮院群牧使柱國濟陽郡開國侯食邑一千一百户賜紫金魚袋臣丁　度

慶曆三年八月十七日雕印成

延和殿

進呈奉

聖旨送

國子監施行

朝散大夫右諫議大夫衆知政事輕車都尉河内郡開國侯食邑一千户食實封貳百户賜紫金魚袋臣賈　昌朝

推忠協謀佐理功臣開府儀同三司行刑部尚書同中書門下平章事兼樞密使集賢殿大學士上柱國臨淄郡開國公食邑一万五百户食實封參仟壹佰户臣晏　殊

推忠協謀同德守正佐理功臣特進行工部尚書同中書門下平章事兼樞密使昭文館大學士上柱國京兆郡開國公食邑七千五百户食實封貳千肆百户臣章

得象

圖書在版編目(CIP)數據

集韻校本：宣紙綫裝本/趙振鐸校. —上海：上海辭書出版社，2013.3

ISBN 978-7-5326-3868-0

Ⅰ.①集…　Ⅱ.①趙…　Ⅲ.①韻書—中國—宋　Ⅳ.①H113.4

中國版本圖書館 CIP 數據核字(2013)第046309號

ISBN 978-7-5326-3868-0

9 787532 638680 >

集韻校本（宣紙綫裝本）

校　者　趙振鐸

檢字表編製　沈康年

責任編輯　楊蓉蓉　助理編輯　汪惠民

責任校對　蔡亞宜　劉美娟　路永敏　鄭浩珺　左鍾亮

裝幀設計　姜　明

上海世紀出版股份有限公司

上海辭書出版社　出版、發行

(上海市陝西北路四五七號　郵政編碼：200040)

電話(021—62472088)　www.ewen.cc　www.cishu.com.cn

印　刷　杭州蕭山古籍印務有限公司

開　本　六六〇毫米×一六〇〇毫米　1/16　印張　壹佰玖拾

版　次　二〇一三年三月第一版

印　次　二〇一三年三月第一次印刷

書　號　ISBN978-7-5326-3868-0/H·550

定　價　叁仟元(全四函二十二册)

如發生印刷、裝訂質量問題，讀者可向工廠調换

聯繫電話：0571—82211100